KB178048

세 계 문 학 소 설

가을의 하룻밤

현진건

숨겨진

번안소설

7편

모음집

가을의 하룻밤

현진건 숨겨진 번안소설 7편 모음집

발　행 | 2021년 01월 27일
저　자 | 현진건
펴낸이 | 한건희
펴낸곳 | 주식회사 부크크
출판사등록 | 2014.07.15.(제2014-16호)
주　소 | 서울 금천구 가산디지털1로 119 SK트윈테크타워 A동 305-7호
전　화 | 1670-8316
이메일 | info@bookk.co.kr

ISBN | 979-11-372-3461-1

www.bookk.co.kr

<현진건> 소설가 원작 그대로 사투리 및 그 시대의 국문법을 담았으며 오탈자와 띄어쓰기, 한자혼용을 반영하였습니다.

세 계 문 학 소 설

가을의 하룻밤

현진건 숨겨진 번안소설 7편 모음집

현진건 번안

목차

머리말

현진건

玄鎭健(1900-1941) 호는 빙허(憑虛). 소설가.

1920년 [개벽]에 단편소설 〈희생화(犧生花)〉를 발표함으로써 문단에 등단하였다. 1935년 이상화, 박종화 등과 동인지 〈백조〉를 발간하여 〈운수 좋은 날〉 〈불〉 등을 계속 발표함으로써 염상섭과 함께 사실주의 문학을 개척하였다. 1936년 '동아일보' 사회부장 당시 일장기말살 사건으로 구속되었다. 이 밖에 「조선 혼과 현대정신의 파악」과 같은 비평문을 통해 식민지 시대의 조선 문학이 나아가야 할 방향을 제시

하기도 했다.

대표작으로 단편 〈운수 좋은 날〉(1924)을 비롯하여 〈불〉 〈B사감과 러브레터〉 등이 있고 장편에 역사소설 〈무영탑(無影塔)〉이 있다.

그는 장·단편 20여 편과 7편의 번역소설, 그리고 여러 편의 수필, 비평문 등을 남겼다. 빈궁 속에서도 친일문학에 가담하지 않은 채 1943년 결핵으로 죽었다.

* 번안 소설(飜案小說)

외국의 소설을 번역하되 원작의 줄거리나 사건은 그대로 두고 시대적 배경, 풍속, 인명, 지명 따위를 자기 나라 풍토에 맞게 바꾸어 쓴 소설.

〈현진건〉 소설가 원작 그대로 사투리 및 그 시대의 국문법을 담았으며 오탈자와 띄어쓰기, 한자혼용을 반영하였습니다.

현진건 숨겨진 번안소설 7편 모음

조국

일명 : 불사조의 회(不死鳥의 灰)

스테판 제롬스키

1

사냥개들은 숲 속으로 뛰어 들어간다. 그 발자국 멀리멀리 그윽이 고요한 숲 속으로 사라진다.

오정 때나 되어 눈이 조금씩 녹아내린다. 푸른 하늘에 뜬 흰 구름장은 햇볕을 지고 번쩍인다. 이따금 큰 눈덩어리가 가지에서 미끄러져 떨어져 부서지고 그 울림보담도 그 흩어지는 아름다움에 놀라기도 한다.

라펠 올브롬스키는 든든한 고목 등걸에 몸

을 기대고 귀를 기울인다. 그는 제 백부 나제 우스키를 따라 오늘 일찌거니 사냥을 나온 길이다.

문득 무서운 부르짖음이 숲을 뚫고 울렸다. 라펠은 사냥총을 바로잡고 그의 날카로운 눈길은 못을 치는 듯이 나무 사이에 박혔다.

“사냥개들이 쫓는구나.”

그는 혼자 중얼거렸다.

과연 개 짖는 소리는 점점 가까워 온다.

별안간 산 위에서 둔한 발소리가 난다. 나뭇가지가 흔들리며 눈보라가 칠 겨를도 없이 숲 사이에서 사슴 한 떼가 나타났다. 라펠은 총대를 제 뺨에 대고 앞선 사슴의 가슴을 겨누며 막 방아쇠를 잡아당기려는 찰나에 난데없는 눈덩이가 그의 팔에 떨어지며 그 서슬에 방아쇠가 찰깍 마른 소리가 나자 화약이 젖어 불이 붙지 않고 말았다. 깜짝하며 라펠은 눈을 비볐으나 때는 늦었다. 사슴 떼는 그 검은 발을 날쌔게 돌려 소나무 숲속으로 사라져 버렸다.

어떻게 분한지 라펠은 총을 집어 던지고 눈 위에 주저앉아 울었다.

한 방의 총소리가 들린다. 또 한 방! 우레 같은 외침이 여기저기서 들린다. 라펠은 던진 총을 다시 집어 들고 아까 사슴 떼보담도 더 경쾌하게 솔밭으로 뛰어갔다.

제가 놓친 사슴을 백부 집에서 데리고 나온 카스파가 쏘아 넘어뜨린 것을 보았다.

라펠은 귀밑까지 붉어졌다.

카스파가 사슴을 끌고 백부 나제우스키가 있는 곳으로 올라가 보니 그는 암사슴 한 마리를 잡아서 배를 가르고 있었다. 나제우스키

는 카스파가 끌고 오는 큰 사슴을 보고 분명히 적의 있는 눈으로 화를 버럭 내며,

"이놈아, 나한테는 암사슴을 남기고 너는 수놈을 잡았단 말이냐!" 하고 야단을 친다.

집에 돌아오니 독일사람 세무관이 기다리고 있었다.

이 독일 작자는 공순하나마 위엄 있는 태도와 말씨로 나제우스키의 소유 토지와 소작인 수효를 조사할 것을 말하고 나중엔 연설조로,

"농무성 대신이 성명을 발표하시어 모든 지주에게 대하여 납세의 의무를 부과하게 하셨소. 작년 — 즉 1796년 1월에 벌써 교구의 목사로 하여금 이 법령에 관한 경고를 각 지주에게 통달한 줄 아는데 당신은 아직 그 통고문 을 못 보셨습니까?"

"글쎄 그런게 왔는지도 모르지요. 나는 종이에 쓴 것을 별로 주의를 하 지 않으니까. 내가 종이라고 쓰는 것은 화약이나 탄환을 쌀 때뿐이니까 ……."

어디까지 나제우스키는 빗먹어 나간다. 나중에는 카스파를 시켜 맞은 벽 위에 걸려 있는 시계추에 트럼프의 '클럽A' 한 장을 걸어 놓게 하고 독일 작자의 말은 들은 체 만 체 총을 쏘아 '클럽A'를 맞춰 떨어뜨리고 한다.

독일 작자는 신변에 위험을 느끼고 제 품속 깊이 감춰둔 단검을 만지작거리고 섰다. 살기 띤 긴장한 장면!

마침내 세무관은 카스파 늙은이에게,

"내일 아침 관내의 소작인 전부를 모아라. 정청의 통문을 읽어 드릴 터이다." 라고 명령하였다.

나제우스키는 무서운 눈길로 카스파를 노려보며 침착한 목소리로,

“전령 북을 이 동리가 떠나가도록 울려라. 다리 성한 놈들은 모조리 모이라 일러라. 알아들었니? 이것은 내 명령이다. ‘톰’이란 놈이 내 고앙에 침입하려던 죄목으로 벌을 줘야겠다. 이 독일 관원님 눈앞에서 참나무 곤 장 백 개나 오십 개를 갈길 터이다!”

“분명히 일러두지만.”

독일 관리의 소리는 의외로 날카롭다.

“그건 안 될 말이오. 매를 때리는 것은 법률로 절금(絶禁)하오!”

나제우스키는 제 손으로 제 머리털을 뜯으며 범의 울음 같은 소리가, 막히고 비틀어진 목에서 흘러나온다. 말낱이 갈기갈기 찢어진 듯이 의미 없는 말이 그의 입술에서 떨어졌

다.

그 이튿날 라펠은 백부의 집을 떠났다. 얼른 보니 마당에 모인 군중은 분에 타는 얼굴과 이상하게 번쩍이는 눈초리로 독일 관리만 쳐다보고 있었다.

그는 무엇인지 억센 말로 설명하고 있는 모양.

"'톰'이란 놈을 잡아내라."

문득 나제우스키의 우렁찬 호통이 독일 관리의 설명을 중단시키고 말았다.

"북을 울려라."

나제우스키의 호통이 다시금 들린다.

북소리는 이상한 흉조를 띠고 찬 하늘에 사무친다.

라펠의 썰매를 끄는 말들은 얼음길을 화살같이 달아난다.

2

폴란드(波蘭)에서는 겨울의 사육제(謝肉祭) 철이 되면 남녀노소 할 것 없이 썰매 대를 몰아 환락의 순례를 하는 풍습이 있다. 이 촌락의 향사관(鄉士館)에서 한 대가 떠나 이웃 마을 향사관을 불의에 습격하여 먹고 마시는 춤추고 노래하고 추태 광태를 함부로 부린 다음 다시 그 마을 사람들까지 휘 몰아 또다시 그 옆 마을로 원정을 하는 법이란다. 이를 이른바 '크리그'라 한다.

오파토 산지로부터 비스출라 강엽 골짜기로 보리의 황금이 물결치는 세계에도 진기한 산드메리아 평야를, 시방 '크리그'의 한 대가 짓쳐간다. 장사진같이 뻗친 썰매는 삼십여 대. 요란한 방울 소리, 말을 갈기는 채찍 소리, 북과 피리 소리, 반공에 든 노랫가락. 수없는 횃

붉은 연기에 그은 황금색으로 밤세계를 누비질한다. 십리 장정에 뻗친 일행은 눈 쌓인 고원의 언덕길에 구불구불 구불거린다.

달은 찢어지게 밝고 서릿발은 차다.

눈 아래 펼쳐진 눈의 고랑은 얼음 같은 서릿발을 받아 무수한 새깃을 늘어놓은 듯 밀리는 바다의 파도와 같이 골짜기도 막아 버려 울타리고 집이고 눈의 홍수에 잠겼는데 다만 산기슭에 달라붙은 듯한 촌락의 모양이 거뭇거뭇 보일 뿐이다. 거기 가물가물 불빛이 어른거리는 것이 향사들의 관으로 큰 지붕이 달밤에 뚜렷하다. 능구렁이고 어디고 크리그는 유진무퇴다.

모든 사람의 마음에 행복이 부글부글 거품을 내며 끓어오른다. 악대가 아뢰는 가지각색 곡조. 흥에 못 이겨 노래가 샘솟듯. 맑고 가냘

픈 여자의 목청. 굵고 탁한 사내의 소리가 한데 어울리매 문득 갖은 악기의 소리가 폭풍우 같이 쏟아져 노랫가락쯤은 묻어버리고 만다.

라펠도 다른 젊은이와 함께 이 크리그에 참례하였다. 그는 난생 처음으로 아버지의 승낙을 받아 이 행렬에 참례하였고 또 아버지의 사랑하는 바스카란 명마에 덩그렇게 올라 앉아 있었다. 바스카는 지금 세 살, 순혈 아라비아말을 아비로, 폴란드산 암말을 어미로 태어난 일물로 예민하고 영리하고 씩씩한 품은 세상에 그 짝을 구하기 어려우리라.

이 날 라펠의 행복은 끝이 없었다. 여러 군데서 마신 헝가리(匈牙利) 묵은 술은 얼큰하게 공상의 나래를 달아주어 의기가 자못 헌앙하다. 말은 눈보라 속을 닫는다. 그의 눈앞에 미끄러 나가는 썰매 위엔 두 여자가 있다.……

한편은 낫살이 나는 듯, 유부녀인가 미망인인가. 그는 그렇다 하고 한편은 아직 애젊은 아가씨다. 라펠은 말을 달려 그 아가씨의 탄 썰매와 평행이 되었다. 자세히 보니 낫살이나 든 여자는 전에 한번 만나 춤까지 춘 일이 있으나 그 처녀는 처음 보는 이다. 그이는 별로 얼굴을 가리려고도 않는다.

라펠은 달빛에 그이의 눈을 본다. 그 양귀비꽃 같은 붉은 입술을 본다. 그 애젊은 육체에서 발산하는 그윽한 향내를 맡는다. 야릇하게도 심사는 황홀 해진다. 라펠은 마술에 걸린 듯이 그 눈동자를 물끄러미 들여다볼 제 그 눈동자도 가늘게 웃음을 띠고 저를 마주 본다.

세상에 있을 것 같지도 않은 참된 기쁨에 넘치는 그 눈동자가 라펠의 온몸을 휩싼다…….

만일 이 찰나에 요란한 노랫소리가 일어나지 않았던들 라펠은 말목을 부둥켜안고 그 타는 듯한 입술에 말갈기에 비볐으리라. 여기저기서 주고받는 노래가 한창이다.

"당신은 소리도 못 해요? 우리들의 흥도 좀 풀어 주구려."

이 때 별안간 낫살 든 여자는 라펠에게 말을 붙였다. 라펠은 허둥지둥 무어라 대꾸를 해야 옳을지 몰랐다.

"당신은 참 살풍경이로구려. 크리스를 무슨 초상 행렬로나 아시우?"

라펠은 귀밑과 목덜미가 한꺼번에 붉어졌으나 이 미인의 말을 탄할 생각은 꿈에도 없었다. 그 반대로 이 서슬에 그는 선득 몸을 날려 그들의 썰매에 옮겨 타고 말았다…….

일행의 앞엔 강이 닥쳤다. 강 얼음이 반 넘어 풀리어 썰매로 건너갈 수가 없어 근촌 농부를 푸는 수밖에 없었다. 일행은 강가에 모조리 모였다. 다시금 '마주르카' 곡조가 울기 시작한다. 강을 건너게 될 때까지 한바탕 놀아 제치는 판. 잡담과 혼란과 시끄러운 환락의 소동이 또 일어났다. 절규, 방가, 난무, 음향 가운데 무서운 장난의 장면이 또 벌어진다. '토른'이란 무서운 짐승 탈을 뒤집어 쓴 놀음에 그 아름다운 처녀 헬렌은 놀라 부르짖으며 맹목적으로 왼손을 벌려 라펠에게 매어달린다. 그 찰나 본능적 충동으로 그는 헬렌을 꼭 껴안은 채 뒷걸음질을 쳤다. 이 순간에 두 넋은 한 지붕 아래 자라난 것 같은 친분으로 굳게굳게 한 뭉치가 되고 말았다.

"토른이 무서워요?"

라펠의 묻는 말.

"아니야요, 난. 주홍 같은 입을 벌리고 괜히 나를 놀라게 하려고."

둘이 주고받던 첫말.

농부를 풀어 중상을 주고 썰매를 떠 매여 강을 건넜다. 강 건너서 또 한바탕 법석 뛴다. 굴린다. 춤춘다. 겨운 흥에 외투고 목도리고 제 갈 데로 가거라. 높이 든 횃불 아래 나부끼는 흰 소매, 화려한 웃옷, 혼란한 속옷, 번쩍 이는 허리띠의 패물! 별이 소용돌이를 치는 듯 라펠은 헬렌과 춤을 춘다.

의기양양한 그는 마치 왕자나 된 듯. 그의 발 한번 디디고 놓는 것이 얼마나 멋갈있고, 의젓한가. 그의 온몸은 열정환자와 같이 피가 비등한다. 헬렌도 외투고 덧저고리고 다 벗어 던졌다. 빰엔 붉은 피가 탄다. 그 눈은 횃불의 광채를 빨아들여 열화와 같다. 라펠은 다른 모든 세계를 잊었다. 그에겐 무도란 기쁨의 폭발, 행복의 육체적 표현, 무상쾌락의 소용돌이다.

그 일행은 마침내 라펠의 집으로 들어갔다.

늙은 그의 아버지는 벌써 허리가 굽고 머리가 백발이 되었건만 옛 풍정을 못 잊어 손님의 관대에 아모 것도 아끼지 않았다. 좋은 술 좋은 안주 그야 말로 주지육림이다. 진탕 먹고 진탕 뛰고 밤 밝는 줄도 몰랐다.

라펠도 취했다. 흥에 사랑에 행복에 술에. 그는 마지막으로 헬렌을 여자들 옷 고쳐 입는 방에서 마주쳤다. 살짝 붉어지는 그 얼굴! 이 세상에 이렇게 아름다운 것도 또 있을까? 그 붉은 빛이 이맛전으로부터 눈덩이 같은 흰자최를 남기고 사라져 가는 델리케이트한 저 빛을 보라. 로베리아꽃처럼 푸르고 명민한 저 눈자위를 보라.

그는 속살거렸다. 무엇을…….

여자는 어째야 옳을지 모르고 우두커니 서 있었다. 그는 다가들었다. 여자는 방에서 나가려고 몸을 움직이는 순간, 그는 여자의 손을 움켜쥐고 제 입술을 여자의 아름다운 머리칼에 누르고 말았다. 여자는 그윽한 외마디 소리를 치고 그를 밀치며 그냥 나가 버렸다.

헬렌을 찾아 무도실로 다시 온 그는 문득 그의 눈앞에서 군중이 사라졌다.

흐늘흐늘 뼈가 모조리 녹아 나린 듯. 강렬한 술이 오른 것이다. 그의 어머니는 보다 못해 그의 귀에 입을 대고 애원하듯,

"라펠아. 라펠아, 얼핏 가자. 아버지 눈에 띄면 큰일 난다……."

아버지란 말에 무너지는 다리를 간신히 버티었으나 저를 일으키는 이가 어머니인 줄도 모르고 잠꼬대같이 속살거린다.

"말을 타고 갈 테요. 알아? 창을 세 번 뚜들길게! 하트의 창을."

3

산드멜츠 학원 연구실에서 지금 라펠은 라틴시학(羅甸詩學)의 숙제를 풀지 못해 조바심을 한다. 일가 동생으로 한 학급에 다니는 크리스토퍼 세드로와 둘이서 아무리 생각을 해보아도 숙제가 풀어질 서광조차 보이지 않았다.

라펠은 주먹으로 턱을 고이고 창밖을 물끄러미 내다본다. 이슬비와 안개에 싸여 비스출라 강은 묵화를 쳐 놓은 듯이 떠 보인다. 마침 어선 한 척이 물위를 지나간다. 라펠은 문득 배를 타 볼 생각이 났다. 그는 세드로와 같이 강가로 달려갔다. 빈 배 한 척을 발견하고 다짜고짜로 올라탔다. 어느덧 해는 저물어 검은 그림자가 물얼굴을 덮는다.

수없는 얼음덩이가 쏜살같이, 또는 돌로 지은 집이 무너지듯이, 달려들어 배는 비틀거린다. 사나운 물결에 나부끼는 배는 어느결엔지 비스출라 강의 주류에 밀려나오고 말았다. 폭포같이 쏟아지는 무서운 울림 — 얼음덩이는 사정없이 뱃전을 친다. 둘은 어쩔 줄 모르고 죽을 힘을 다해 저어 가다가 무엇인지 단단한 것이 닿인다. 두던과 강가에 잇닿은 빙판인 것을 더듬어 알 수 있었다. 둘은 아무튼지 두던으로 뛰어 올랐다. 얼음 위엔 오랜 장마 로 물이 괴였다. 문득 라펠은 발부리가 가라앉는 것을 느꼈다. 그럴 겨를도 없이 파도가 그의 가슴을 치며 방향도 모를 곳에 밀어내었다. 그들은 얼음 물 속에 몸을 잠그고 한참 허우적거리다가 간신히 빙판 위에 올라서면 그 얼음장도 또 꺼진다. 그들은 온몸에 땀이 흐르면서도 치위에 떨었다. 의복은 모조리 젖어 척척하고 무거워 견딜 수 없었다. 그들은 빨가벗고 말았다.

그들은 달음질을 쳤다. 학원의 시계 울리는 소리에 반대 방향으로 학교에 돌아오게 된 것을 알았다. 이때에야 그들은 자기네가 발가숭이인 것을 깨달았다. 이 꼴을 하고 산드멜츠 거리를 지나가야만 될 일이 기가 막혔으나 담기슭 컴컴한 곳을 골라 그들의 기숙사로 돌아왔다. 조심조심 제 방으로 찾아갈 때 세드로가 교의를 차고 넘어지는 바람에 기숙사 안은 떠들썩하게 되었다. 갑자기 불이 켜지며 감독 교수가 나타났다. 그는 촛불을 높이 들어 두 학생의 모양을 보았다. 빨가벗은 그 모양 — 게다가 전신에 흙투성이다. 교수는 하도 어이가 없어 한동안 입을 벌리고 다물 줄을 몰랐다.

그 이튿날 아침에 라펠은 교수회에 불려갔다. 어젯밤 지낸 일에 대하여는 그는 이를 악물고 한 마디도 대꾸를 하지 않았다. 마침내 그는 처벌하기로 작정이 되어 징벌계 주임의 체조 선생 필집, 불 때는 소임의 마이케, 문단 속하는 소임 존 카피스트란 세 사람이 그에게 벌을 행하게 되었다. 그러나 남에게 벌을 받을 라펠이 아니었다. 단도와 주먹으로 세 사람을 찌르고 치고 차고, 나는 범같이 날뛰다가 교문을 박차고 멀리멀리 달아나 버렸다.

4

산드멜츠 학교에서 필경 퇴학 처분을 당한 라펠은 고향 '탈니니' 촌락에 서 신산한 그날 그날을 보내고 있었다. 아버지는 그의 얼굴조차 보려고 하지 않고 최초의 2주일가량은 손에 키스하는 것조차 허락지 않았다. 이 망나니는 조그마한 구석방에서 조석을 먹고 짚단 속에서 밤을 지내게 되었다.

주인 영감의 엄명으로 새벽 일찍이 하인들과 같이 일어나고, 갖은 귀찮은 일을 보게 된다. 소와 말 먹이를 감독하고 농노의 일하는 양을 돌본다.

매일 아침 새벽녘에 가끔 만나기는 누이동생 소피에다. 이 누이하고나 몇 마디 말을 주고받는 것이 그에게 오직 하나 위로이었다. 이것도 아침뿐이고 이때 이외에는 누이와 이야기조차 금한다. 그의 어머니라도, 이 라펠이란 가문을 더럽히고 망나니요 불명예를 끼친 놈에겐 말을 붙이지 못하는 법이다. 이 망나니에겐 조반으로 우유 한 보시기와 흰빵 껍질을 줄 뿐이고 그것도 그가 거처하는 토막에서 서서 먹고 일각을 지체치 못하고 들에 나가야 한다. 또 온종일 마구간과 외양간과 고앙에서 지내게 되어 솜같이 피로한 그의 발은 짚 사이에서 허우적거린다.

저녁때엔 그는 가만히 마구간에 들어가 제가 먹을 빵 한쪽을 암말 빠스카에게 준다. 이 말이야말로 그가 제 속사정을 일러 듣기는 오직 하나 벗이다. 그는 황홀한 듯이 이 말을 바라본다. 갸름하고 모양 좋은 두 발, 그 늘씬한 허리는 말승냥이 같은 경쾌미가 있고 갈기는 길고 어깨엔 근육이 넘쳐 가슴패기에 혹처럼 살이 뭉툭하게 올랐다. 손바닥을 내밀면 어린애처럼 천진난만하게 춤을 추지마는 한번 성이 나면 고삐도 굴레도 아모 소용이 없다. 구름을 토하는 듯이 입을 크게 벌리고 개천이고 울타리고 할 것 없이 폭풍우같이 날뛰며 달아난다. 탄 사람의 잡아채는 고삐가 그의 입술을 깨트려도 그는 걸음을 멈추지 않는다.

3월 어느 날 밤.

요새는 아버지의 미움도 적이 풀려 라펠은 안방으로 드나들게 되었는데 아버지가 잠들기 전에 신문을 읽어 듣기는 소임을 맡았다. 궁벽한 촌인 탓에 매우 낡은 신문이로되 아버지는 시사에 관한 소식을 주린 듯이 들으려고 애를 쓴다.

잠이 들려는 눈치를 보면 라펠은 마치 자장가나 부르는 듯이 목소리를 떨어트린다. 그

날 밤에도 교묘하게 아버지를 잠들게 한 뒤 그는 살그머니 마구간으로 갔다. 그는 빠스카를 끌어내었다. 눈 한번 깜짝할 사이에 그는 말에게 굴레를 씌우고 안장을 지웠다. 빠스카는 밖에 나오며 기쁜 듯이 코를 울리며 쇠다갈로 눈을 찬다. 라펠은 올라탔다. 빠스카는 보드라운 눈을 차면서 매질하는 듯한 회오리 바람을 비스듬히 지나쳐 간다. 말과 기사는 마치 미친 듯이 눈 위를 지나쳐 간다. 대담스럽고 기쁜 급속도의 행진이다. 라펠은 기는 듯이 발목을 부둥켜안고 말귀에 입술을 대며 속살거렸다.

"얼핏 다려다 다오……. 얼핏."

바람을 뚫고 일직선으로 그들은 맹진한다. 방향을 찾아 오른편으로 돌아 약 한 시간가량 보통 달음질로 몰아갔다. 넓은 들판에서 그들은 걸음을 조 금 느리게 하였다. 그는 지나친 피로에 숨이 막히고 말도 온몸에 땀을 흘리고 피가 끓어 오른 까닭이다. 그는 마침 길가에서 짚더미를 발견하고 말에게서 뛰어나려 마른풀 한 뭇을 빼어 말안장에 깔아 주고 짚더미를 의지간으로 하여 말을 쉬게 하고 자기도 말배에 기대었다. 팔짱을 낀 채 그는 몽상에 잠기었다. 이 순간을 그는 얼마나 기다리고 바랐던가. 지금까지 수없는 꿈에 쫓기고 또 쫓기어 그를 예까지 데리고 온 것이 아닌가. 몽상은 뚜렷이 눈앞에 나타난다. 야릇하고 놀랠 만한 이 환영이여! 그는 그의 행복 그것이 있는 곳 가까이 왔다고 생각만 해도 벌써 끝없는 기쁨을 아니 느낄 수 없다. 그를 싸고도는 어둠이 사라나 진 듯이 지금 그의 눈동자는 분명히 제 사랑을 보고 있는 것이다. 그의 상상이 그려내었다느니 보담 차라리 실물 이상의 실물이라 함이 옳을는지 모르리라. 그의 눈앞엔 촛불 밝은 방안, 그 차림차림, 그리고 그이, 그이의 행동거지도 낭랑한 그 목소리도……모다 보인다. 들린다. 그이가 보인다. 보인다느니 보담 뚜렷한 아름다운 그이를 얼싸안고 있는 것이다. 실현된 꿈을 — 그의 혼 가운데 혼을 — 그의 생명을 천국의 아름다움에 빛나는 꽃을 그는 안고 있는 것이다. 그이가 그의 눈앞에 찬란하게 번쩍인다. 이 밤의 어둠 속에 번쩍이는 흰 구름장이 나타나듯.

그 구름이 저절로 그이의 웃음으로 변한다. 이 환영은 저절로 미묘한 음악의 곡조를 일으키고, 그 곡조에 귀를 기울이매 그의 온몸이 거룩한 혼이 되어 끝없는 공중으로 날아간다.

그는 다시금 말을 채찍질한다. 그의 향하는

곳은 우거진 숲 속에 어른거리는 조그마한 불그림자다. 어둠에 익은 그의 눈은 검은 건물의 모양을 알아보았다.

라펠은 말께 나려 가만가만히 걸어간다. 울타리를 넘어 마당에 들어섰다.

작달막한 과목 위엔 솜모자를 뒤집어 쓴 듯이 눈이 쌓였다. 라펠은 몸을 꾸부리고 조심조심 가지 사이로 빠져 나간다. 마침내 그의 더듬는 손은 문득 벽에 스쳤다. 온몸이 기쁨에 떨린다. 이 벽이야말로 그 속에 그이의 육체를 담고 있는 벽이요 그 속에 그이는 고이고이 잠들었으리라.

하트의 모양으로 만든 창살 속으로 흘러나온 불빛은 어둠 속의 눈 위에 희게 떨어지고, 나부끼는 눈덩이는 그 밝음 속에서 은가루를 뿌리는 듯이 소용돌이를 친다.

그는 필경 창 가까이 들어섰다. 여기 있다 — 그이가 여기 있다. 그와 두 발자국도 떨어지지 않은 곳에 헬렌이 있지 않은가 — 그이는 팔걸이 교의에 비스듬히 기대어 책을 읽는다. 조금 열린 입술, 투명할 듯한 이마에 라펠의 눈길은 붙은 채 떨어지지 않았다. 물끄러미 그 광경을 보고 있노라니 라펠은 어쩐지 지금 이 창 곁에서 그대로 죽어 사라질 듯하다. 이렇게 굳세고 튼튼한 청춘의 그가 몸 속 어디인지 숨을 모으는 듯하다. 보면 볼수록 그의 눈은 눈물에 흐린다. 별안간 그는 단단한 결심을 하고 팔을 들어 손끝으로 창을 세 번 뚜들겼다. 헬렌은 깜짝 놀란 듯 두 손을 벌린 채 뒤로 물러서면서 소리 나는 창을 본다. 라펠은 세 번 또 창을 두들겼다. 불은 꺼졌다.

가만가만히 라펠은 창에서 물러났다. 눈을 반쯤 감고 지금까지 밝던 방의 기억에 돌아가며 이 난생 처음으로 맛보는 황홀과 기쁨을 넋의 속속들이 들 이마셨다. 맨 처음 그 불빛을 알아볼 때의 눈앞이 아득한 놀램, 꿈결같이 찾아온 이 뜻밖의 행복 — 이것도 일순간에 사라지고 차디찬 눈 밤의 어둠 이 그를 휩싸고 만다. 그리고 그 다음 순간엔 다시금 환영을 그려낸다…….

문득 침묵을 깨는 듯이 문이 열리는 소리가 난다. 눈 속에 서서 이 소리를 들은 라펠의 가슴은 단도로 찌르는 듯하다. 큰일 났구나! 그는 하인들을 불러일으키나 보다…… 그러나 그와 동시에 그의 몸속엔 사자와 같은 투지(鬪志)가 머리를 쳐든다. 그는 떠벅떠벅 걸어 나아갔다. 그는 이 세상에 아무것도 무서운 것이 없었다. 그는 문간까지 다가들어 뚫어질 듯이 문을 노려본다. 그러자 그의 귀엔 바람의 흔들림 보담도 더 가늘고 작은 속살거림이 들렸다. 눈이 두터운 담요같이 깔린 돌 층층대 위에 그림자같이 헬렌이 나타난다. 그이는 그의 곁으로 마치 몸뚱이가 없는 영혼과 같이 사랑 그것과 같이 나타난 것이다. 그리고 흐르는 듯이 그의 가슴에 몸을 던졌다. 손과 손을 굳게굳게 마주잡고 수그린 이마와 이마가 마주친다. 그리고 두 사람은 묵묵히 걸음을 옮긴다.

넘치는 사랑이 두 사람을 한 사람으로 뭉치고 두 심장은 어디까지 높이 뛴다. 녹아 붙은 두 사람의 넋과 몸에 눈보라는 더욱더욱 사납게 부딪힌다.

두 사람은 라일락 숲 그늘에 발을 멈췄다.

두 사람은 머리를 들었다. 두 입술은 한없는 키스에 맞붙고 말았다. 여자는 사라지는 듯한 소리로,

"당신은 정말 당신이신지? 정말 오셨구려."

"정말 왔소."

"말 타고?"

"그럼."

"춤출 때 약속대로."

"그럼."

"말은 어디 있슈?"

"저 밖에 매두었어."

"말뿐이야?"

"그래, 같이 가요."

"못 가! ― 가기는 암만해도 겁나."

라펠은 목이 숙여졌다. 그의 입술은 또다시 저편의 뺨을 입술을 눈을 찾는다. 그리고도

미흡한 듯이 저편의 털목도리를 벗기고 드러난 보얀 가슴에 황급하게 입술을 대인다. 여자는 덤비는 그의 머리를 밀치며 가만히 그의 주린 듯한 입술이 닿는 것을 막는 듯이 가는 소리로,

"아파요. 당신의 수염이."

과연 이 사랑의 용사의 입술 위에는 수염이 났고, 그 수염 끝이 얼어 서리 침처럼 되어 있었다. 그런 줄 모르는 그는,

"그럼 이담엘랑 깎고 오는 것이 좋겠군. 말갛게."

"말갛게 뭘 깎아요?"

"수염을."

"아냐."

"아니라니 뭐야?"

"수염을 깎으면 싫어."

"왜. 아까는 싫다고 하더니."

"싫은 것은 얼음이 붙은 탓이야! - 아파요."

둘은 소리를 내지 않고 속으로 웃었다. 라펠은 수염에 붙은 얼음을 녹여 말리고자 죽을 힘을 다 쓴다. 여자도 머리에 쓴 숄을 풀어 머리털로 수염 닦기에 바쁘다. 사내는 여자의 머리털 속에 입술을 묻는다. 꽃 속에 들어박힌 벌의 모양도 이러할 듯. 그의 팔찌에 안긴 것은 타는 처녀의 육체라느니 보담 구체화한 행복과 황홀의 산 물건이라 할까. 그는 행복과 황홀이 넘치는 흰 가슴에서 제 입술을 뗄 때엔 벌써 이지(理智)란 그림자도 남지 않았다. 그리고 또 한 번 키스 — 이것이야말로 마지막 끝 가는 키스로 하늘과 땅의 신비를 쥐어뜯을 듯이 온몸의 정열을 뭉쳐 이후엘랑 죽어도 좋다는 각 오까지 하였는데 그 보담 먼저 여자의 보드라운 팔뚝이 그의 목을 끌어 당기며 타는 듯한 입술이 그의 입술을 찾아 달려들며 훌쩍훌쩍 우는 듯한 한숨이 흘러나온다……. 문득 야경을 도는 하인의 울리는 경적에 그들은 깜짝 놀랐다.

헬렌은 또 한 번 온몸으로 꼭 그를 껴안으며 넋과 넋이 키스를 할 겨를도 없이 어느덧 어둠 속에 사라지고 말았다. 그이의 옷 소리와 발자국은 밤바람 울림 속에 잦아지고 말았다. 그러자 라펠의 귀에는 야경이 개를 내어놓는 소리가 들렸다. 개들은 라펠 쪽으로 달려온다. 그는 나는 듯이 달아나 말 매어 둔 곳으로 달려와 집어타자마자 빠스카는 쏜살같이 달리기 시작하였다.

바람과 싸우며 눈 쌓인 들판을 빠스카는

바람결보담도 더 빨리 달아났다.

캄캄한 밤중에 방향도 모르고 그들은 닫는 대로 달렸다. 개를 피한 그들은 들판에서 이리 떼를 만났다. 빠스카와 라펠은 이리 떼와 싸우다가 빠스카는 주인을 위해 필경 이리 떼에게 비장한 최후를 마쳤다. 라펠은 이리를 때려잡은 채 정신을 잃고 말았다.

5

라펠은 눈 오는 밤 애인을 찾아보고 야경에게 쫓기고 개에게 쫓기고 마지막엔 이리 떼에게 쫓겨 사랑하는 말을 죽이고 자기도 몇 번 이리 떼에게 물리며 찢기며 죽을힘을 다해 이리를 때려잡았으나 그 자리에 혼절을 하고 말았다.

얼마 동안 삶과 죽음의 경계에서 헤매다가

정신을 차리니 어떤 농부의 집에 구원되어 있는 제 몸을 발견하였다.

삼월, 사월! 오월도 벌써 반 넘어 지나 열어 놓은 창 안으로 봄 입김을 따 라 새 노래도 숨어든다. 이 길고 긴 동안에 라펠은 몇 번을 죽을 고비에 섰다가 간신히 목숨을 건졌으되 살은 한 점도 없이 쭉 빠지고 여윈 얼굴이 검게 타서 보기에도 무섭다. 육체의 쇠약은 차차 회복이 되건마는 그 보담도 몇 곱절 정신의 고민이 머리를 쳐든다. 사랑하는 누이들의 입으로 흘려들으면 헬렌은 그날 밤에 생긴 일로 씻지 못할 누명을 쓰고 멀리멀리 쫓겨났다던가. 사랑은 길이길이 잃고 말았다는 느낌이 가슴을 물어뜯는다. 인제는 몸에 남은 상처가 애인의 기억을 불러일으킬 뿐이다. 이 번쩍이는 봄 아침!

밤 샌 이후 벌써 다섯 시간 동안이나 그는 벽에서 벽으로 기대어 거닌다.

방바닥 위엔 점점이 떨어진 눈물 흔적이 얼룩얼룩하다. 이 생명 없는 눈물 흔적에 마주친 그의 눈은 마치 날카로운 칼로 찌르는 듯이 아프다. 그리고 그의 맘은 문득 질투로 변한다. 흙도 밉다. 돌도 밉다. 들도 밉다. 저 편의 개천과 시내도 그 운명이 부러워서 견딜 수 없다. 어느 것을 보아도 아모 고민도 아모 감정도 없이 고요히 널려 있구나.

아버지는 벌써 그를 의절하고 말았다. 다만 상처와 병이 나을 때까지 이 농부의 집에 머물러 있게 하였을 뿐이다. 아버지는 분노가 끝이 없어 온 집안 식구는 공포에 떤다. 식구들은 이전에도 이와 같은 비참한 광경이 있은 것을 생각하였다. 그것은 맏아들, 곧 라펠의 형이 집에서 쫓겨날 때 광경이다. 그때 맏아들은 육군 사관학교를 급비생(給費生)으로 졸업하고 돌아왔는데 그가 서울에서 얻어온 새로운 사상 문제 때문에 부자의 대충돌이 생겼다. 아버지는 역정이 머리끝까지 올라 채찍을 걷어쥐고 무서운 얼굴로 하인에게 불호령을 내려 맏아들을 매질하라 하였다. 혈기방장한 아들은 지지 않고 칼집에 손을 대었다. 그때 어머니와 누이들이 맨발로 뛰어들어 말렸는데 그 즉시로 맏아들은 집을 나가고 만 것이다. 라펠에게도 이 운명이 닥쳤다.

"엉덩이만 추스르게 되거든 어디든지 제 갈 데로 가라! 내 눈앞에 뵈지 말라!"

는 추상같은 호령이 내린 지 오래다. 마침내 그 날은 왔다. 간신히 몸을 추스르게 된 라펠은 그날 아침을 먹는 대로 집을 버려야 할 운명이다. 어머니의 맘으로 그를 지금 먼 숲 속에 산다는 형님에게 보내기로 되었다. 간신히 아버지를 달래어 라펠을 실어 보내려고 다 낡은 마차 한 대와 늙고 여윈 말 두 필을 얻을 수 있었다.

마차의 준비는 끝났다. 떠날 때는 되었다. 그는 눈을 닦고 뒤도 아니 돌아보고 나왔다. 어머니는 눈물을 머금고 문간까지 나와 아버지는 떠나는 때에도 보기 싫다 시니 그대로 가라고 손짓으로 알리었다…….

늙고 병들고 뼈와 가죽이 한데 달라붙은 말들은 흔들흔들하는 헌 마차를 끌고 간신히 비틀비틀 움직이었다. 실길, 기름길, 벼룻길, 시원한 시냇가를 돌기도 하고 그윽한 골속을 뚫기도 하고……. 라펠은 마부를 달래어 도는 길이로되 델슬라비야 — 제 사랑 헬렌의 집

옆을 거쳐 가기로 하였다. 눈 오던 그 밤과 달라 시방은 싹 돋는 봄들에 축축한 바람이 일렁거리고 노랑이 파랑이 길 옆의 풀꽃이 한창이다. 라펠의 눈엔 눈물이 가득히 고였다. 과거 미래 모든 생활은 뒤를 보나 앞을 보나 모든 것이 그 때 그 잊으랴 잊을 수 없는 한 순간의 기쁨과 떨림에 견주어 보면 아무런 빛도 값도 없는 것이다. 지금 지나치는 이 길이야말로 꿈 가운데 몇 백번 몇 천 번 오락가락 하였던고! 환영 속에 몇 번이나 그려 보았던고! 그러나 그대도록 그리운 이 길이었건만 인제는 이 길조차 희망에 잇닿은 길이 아니다. 수없는 인생의 비참한 길의 하나임을 생각하매 사랑은커녕 오직 죽음을 동경하는 정이 가슴을 누를 뿐이다. 저 멀리 그 집이 보인다. 그 뜰이 보인다. 저 창 바로 밑 화단

가운데 꺼지지 않을 정열의 빛을 보이며 새빨간 꽃이 타고 있다. 그가 환영에 그리는 그 창은 훤하게 열린 채 향기로운 봄바람에 나부끼는 듯, 저편에는 외얏 한 떨기가 땅 위에 축 늘어진 가지를 흔들거리며 옛 비밀을 말하는 듯.

마차는 갈 길을 재촉한다.

6

이틀 만에야 자기 형 피터 을브름스키가 사는 산정에 당도하였다.

그 형의 오직 하나 충복인 미지크의 인도로 형제는 오래간만에 서로 얼굴 을 대하였다. 형은 그를 반갑게 맞아주었다. 그의 얼굴엔 동생을 만난 기쁨에 행복 그것과 같은 황홀한 표정이 나타났다. 부모의 안부, 누이동생

들의 안부를 자세자세 물은 뒤에 라펠은 제가 집에서 쫓겨난 사실도 빼지 않고 이야기해 버렸다. 형도 집을 뛰어나온 이유를 설명해 들렸다.

"나는 학교생활 중에 사상이 격변되었다. 책도 많이 보았고 책 중엔 어둔 밤에 횃불같이 번쩍이는 것이 있었다.……우리는 농민의 압박이든가 공공연하게 행하는 부정과 불의에 불같은 분노를 느꼈다. 당시 우리 학생은 남몰래 칼에 맹세하고 이 부정의를 때려 부수지 않으면 안 된다고 깊이 결심한 것이요, 폴란드(파란) 전 민족의 운명은 우리의 두 어깨에 달렸고 우리야말로 이 운명을 타개할 소임을 맡았다고 각오한 것이다. 그래 집에 돌아오자 아버지께 이 말씀을 여쭈었더니 그 벼락이야. 아버지는 내가 불공대 천지원수로 아는 놈들하고 한편이 아니겠나. 아버지는 눈앞의 권력 계급을 위하여 종노릇을 하라고 호령호령하시지 않겠나. 나는 죽어도 싫다고 버티 었더니 아버지는 나에게 참을 수 없는 모욕을 더하시지…… 그래…….”

“알아요. 알아요.”

라펠은 맞방망이를 쳤다.

“그래. 그때 나는 집을 빠져 나와 독일 군을 토벌하는 군대에 몸을 던졌다. 독일 병정의 폭풍우 같은 탄환에 수없는 우리 동지는 쓰러졌다.……나도 거꾸러지고 말았다. 그 때 종졸로 있던 사람이 나를 안고 나와 내 목숨을 건져낸 것이다. 그 사람은 너도 보는 바와 같이 우리 집에 있는 미즈크란 사람이다.”

7

형의 집에서 고요한 세월이 얼마 동안 흘렀다. 유월 어느 날 점심을 마치고 형제끼리 막 사냥을 나가려 할 즈음에 문득 개가 짖었다. 이윽고 혼란한 마차 한 대가 닿으며 키가 후리후리한 귀인 한 분이 그 마차에서 뛰어내렸다.

"긴탈트 공(公)이다."

피터 대위는 동생의 귀에 속살거렸다. 라펠은 놀란 듯이 이 귀인을 바라보며 입도 벌릴 수 없었다. 다만 공의 너그러운 옷과 번쩍이는 신에 눈이 붙고 떨어지지 않았다. 긴탈트 공은 왼 얼굴에 웃음을 머금고 피터 대위와 따뜻한 악수를 하였다.

그들은 사관학교 시대의 동창이다. 그들은 학생 당년의 기염과 고향으로 돌아온 뒤의 사상의 변화와 주위 환경의 변천 등을 친우답게 이야기는 꼬리를 물고 그칠 줄을 몰랐다. 말 말끝에 공은 대위의 소원을 물었다. 대위의 두 눈은 불같이 번쩍이며,

"저를 전쟁으로부터 안고 온 사람은 전하의 신하요 전하의 영지에서 태어 난 사람이올시다. 그는 지금 제 집에서 요리인 겸 하인 겸 있는 터인데 저는 그에게 감사한 뜻을 보이려고 해도 도무지 뜻대로 되지 않습니다 그려……."

긴탈트 공은 대위의 눈 속을 들여다보며,

"그러면 그 자를 해방……말하자면 그 자를 하인으로부터 추켜올려 자네와 동등 지위……즉 귀족을 만들어 달란 말인가?"

"전하, 제가 말하는 것은 그 사람 하나뿐이 아닙니다. 저는 온 동리 모든 소작인을 건져

내고 싶습니다. 그야말로 비참 막심한 불쌍한 가난뱅이들입니다. 제발 전하의 재산으로…… 이런 처지에 빠진 부역 농노(賦役農奴)를 구해 주십시오. 지금 제가 그 건의안의 초를 잡고 있는 중인데…….”

“그 문제 같으면야 자네가 나를 의심할 필요가 없잖은가. 나는 최대 속도 로 소작농민 상태를 조사하라고 명령하였고 부역 제도를 폐지하고 자네 소원대로 지대제(地代制)를 시행해도 좋다고 생각하네.”

대위는 교의에서 일어나 공순하게 몸을 굽혀 공 전하의 발끝에 입술을 대었다. 그리고 대위는 몸을 채 일으키기도 전에,

“미지크! 미지크!”

하고 불렀다. 그의 눈은 크게 뜬 채 눈물이 가득 어리고 벌린 입엔 행복스런 웃음이 흘렀

다. 미지크가 왔다. 두 팔을 딱 붙이고 기착의 자세로 왔다.

대위는 감격에 넘치는 소리로,

"오늘은 고마운 날이다. 전하께서……전하께서……용서를 하셨다. 농노의 해방을."

미지크가 몸을 굽히고 두 팔로 공의 무릎을 안으려 할 때 별안간 긴탈트 공 전하는 팔 힘대로 하인을 떠다 밀쳤다. 공은 왼 얼굴에 분노와 조소를 띠우고,

"나는 아침은 대기(大忌)다! 오늘 찾아온 것은 자네들이 나에게 불어넣은 이 따위 되지 않은 사상에 대해서 근본적 미움을 보이러 온 것이다. 나는 자네들의 그런 보비위는 사갈보담 더 싫어한다. 그게 무슨 꼴이람! 만일 자네들이 참으로 내 친구일 것 같으면 내 맘속을 믿어 다고! 내가 원하는 것은 고매한 정신

이다. 강철 같은 의지다."

대위의 얼굴엔 무서운 주름살이 물결치며 그 두 손은 기절한 듯이 옆구리 로 헤엄친다.

"여보게, 자네 어디 아픈가? 옛 병이 또 도진 모양일세그려. 토론은 고만 두세."

대위의 눈엔 광채도 사라졌다. 미친 듯한 떨림이 왼 몸을 뒤흔든다.

공도 놀라 대위의 얼굴을 들여다보며,

"자네 건강이 회복된 때 다시 얘기하세."

"인제……고만 말을 말아요. 전하."

"말을 말아라."

공은 앙다문 잇새로 한 마디 쏘고 교의에서 일어선다.

"그럼 자네에게도 각오가 있겠지. 자네 병이 불쌍타."

"각오!"

대위는 우레같이 소리를 질렀다.

“병은 병이고 각오는 각오다. 미지크.”

“여보게, 몸을 주의하게. 단방에 죽으리.”

“죽거나 살거나 내 맘이다. 미지크! 권총 두 자루를 가져 와.”

그러자 대위의 머리는 교의에서 떨어졌다. 그 얼굴빛은 석고(石膏)와 같이 핏기가 없다. 피를 토했는지 입술 언저리가 붉다. 이마엔 기름땀이 뜨고 온 몸은 부들부들 떤다. 눈엔 생기가 없고 눈자위가 먼 허공을 헤매는 듯하다.

대위는 그 길로 이 세상을 떠나고 말았다.

8

부모의 집에서 쫓겨나고 형 하나를 찾아왔던 라펠은 형마저 저승에 잃어버리고 갈 곳을 모르다가 긴탈트 공의 호의로 그의 궁전에 몸을 붙이게 되었다. 그 고색창연한 가운데에도 진선진미 휘황찬란 화려웅휘한 차림차림에 그는 멍할 뿐이었다. 아침까지 늦잠을 자고 깬 그는 하인의 인도로 식당에 들어갔다. 번질번질하게 차린 신사들 틈바구니에서 그는 헌털뱅이 옷을 걸 치고 그래도 비우 좋게 덥적대고 있었다.

그 중에도 더욱 그의 경이의 눈을 뜨게 한 것은 이 세상의 아닌 듯한 아름다운 여자의 한 축이었다. 올리브 빛 피부에 타는 듯한 옻칠 눈동자들! 그 중에도 뛰어나게 아름다운 아가씨 한 분 옆에 긴탈트 공이 자리를 잡고 있었다. 공의 좌우에는 공의 누이들이 늘어앉았는데 그 아가씨는 아직 십륙세 미만의 어린 색시이다.

그 머리는 물결치는 보리 이삭 모양으로 황금으로 빛나고 벽옥 같은 그 눈은 큼직하게 떠서 마치 푸른 하늘과 같다. 이따금 식탁을 흔드는 웃음의 물결, 그 물결 위에 그 아가씨의 애젊고 낭랑한 웃음소리가 구슬을 굴리는 듯 짓쳐가기도 한다. 옆의 사람 설명으로 그 색씨는 긴탈트 공 전하의 제일 끝 누이로 엘리자베스 공주인 것을 알았다.

'공주 엘리자베스!'

라펠은 감격에 넘치어 황홀하게 혼자 중얼거렸다.

연회가 끝날 때 공은 라펠에게 할 말이 있으니 내전으로 들어오란 분부를 내렸다. 그는 상노의 인도로 눈부신 전각을 지나고 또 지나 한 방에 인도되었다.

옆방에서 음악적 웃음소리가 울려온다. 그

것은 이 세상에 하나밖에 없는 웃음소리다. 공의 끝누이는 동무 몇과 봄 수풀의 종달새처럼 재깔거리며 라펠의 방 가까이 다가온다. 은방울 같은 공주의 웃음은 투명할 듯이 시원하다.

문득 공주는 문지방 위에 나타났다. 라펠은 허둥허둥 몸을 일으켜 산드메리야 학교식 절을 한 죽이 올렸다. 공주는 누구를 기다리는 듯이 잠깐 망설 이다가 아모도 오지 않은 것을 알자 발길을 돌렸다. 공주가 발길을 돌리는 그 순간에 그 입술엔 자못 정중하나마 왕자다운 도고한 미소가 떠도는 것을 보았다. 그와 같은 순간에 그는 공주의 한없이 어여쁜 목덜미, 델리케이트 한 드러난 어깨, 금실처럼 가닥가닥 떠오르는 듯한 머리칼을 보았다. 그는 다짜고짜 달려들어 저 금발을 움켜쥐고 몽

창몽창 뜯고 싶다……. 눈앞에서 회술레를 돌리고 싶다.

이윽고 긴탈트 공은 나타났다. 그는 대위와 친히 지내던 이야기와 위대한 진리가 끝도 맺기 전에 거문고 줄과 같이 끊어진 것을 슬퍼하였다. 마지막으로 대위 생전에 공 전하가 꿔어 쓴 돈이 있다 하여 라펠로 하여금 의엿한 귀족의 차림을 갖추기에 넉넉한 돈주머니를 내주었다. 라펠은 물러갈 만한 때를 타서 정중하게 머리를 숙이고 전보다 틀이 잡힌 태도로 금빛 비단 돈 주머니를 품에 품고 그 화려한 궁전의 복도를 지나며 감개무량하게 발걸음을 옮겼다.

9

엘리자베스 공주는 라펠에겐 경이다, 수수

께끼다. 아무리 생각해 보아도 그 정체를 꼭 집어낼 수가 없다. 언제든지 그의 상상과는 딴판으로 쉴 새 없이 변해 버린다. 어느 때엔 봄바람같이 화한 웃음을 짓다가도 어느 때엔 호수의 물얼굴에 뜬 흰 구름의 그림자 모양으로 종용해진다. 대리석같이 싸늘한 공주의 몸을 쇠망치로 바수었으면 얼마나 속이 시원할까. 악어와 같은 사나운 키스로 대질렀으면 얼마나 어깨가 으쓱해질까.

팔월도 그믐이 가까워 가을바람이 불기 시작할 때라 저녁때면 의례히 말 달리는 놀이가 벌어진다. 라펠의 말은 언제든지 공주의 말 가까이 달렸다.

깊은 숲 속 무시무시한 골짜기로 들어갈 때 그는 몇 번이나 공주의 공포에 찡그린 얼굴을 환영으로 그렸는지 모른다. 그러면 그는 얼마나 황홀한 기쁨으로 공주를 구해 내었을까. 그러나 그런 기회는 좀처럼 닥치지 않았다. 마상의 공주는 그야말로 여장부다. 평소의 보드랍고 어여뻤던 거동도 한 번 말 위에 올라앉으면 어디론지 사라지고 그 몸은 쇠같이 굳세고 번개처럼 날쌔다.

한 번은 먼 숲 속으로 말을 놓아 떠났다. 모든 기사는 뒤떨어졌다. 공주의 말만이 마치 총알 모양으로 울펑진펑한 길을 따라 그윽한 숲 속으로 달려들 어 갔다. '위태하구나!' 생각하자마자 라펠은 말을 몹시 채치며 그 뒤를 쫓았다. 라펠의 눈앞엔 물결같이 뛰노는 말의 엉덩이와 우단 모자 밑으로 새어서 나부끼는 금발이 어른거릴 뿐이었다. 그의 귓결엔 공주가 구원을 청하는 소리가 들렸다. 그러자 그는 앞뒤를 생각할 겨를도 없이 팔에 온몸의 힘을 다 들여 말을 갈겨서 여남은 걸음에 공주의 말 보담 앞선 뒤에 다시 돌아서서 공주의 말과 정면으로 마조 섰다. 이 순간에야말로 그의 눈의 손톱 과 이빨로써 정면으로 공주를 나려 덮쳤다.

"말…… 말안장이 벗겨져……."

라고 공주는 크게 입을 벌린 채 폐가 찢어질 듯이 부르짖었다. 그 순간 그는 공주의 말 고삐를 잡아 치매 두 말의 몸뚱이는 한데다 붙고 공주의 발과 그의 발이 불이 나도록 마주쳤다. 문득 그는 악마와 같은 충동을 걷잡을 새 없이 몸을 굽혀 이 어여쁜 처녀를 두 팔 속에 움켜 안고 말았다. 그 찰나!

공주의 금발에는 지글지글 끓는 입술이 눌렸고 공주의 가슴과 팔은 그의 가슴에……. 그러나! 그러나! 그 서슬에 문득 그의 얼굴엔 견딜 수 없는 따끔 한 쓰라림이 지나간다. 공주는 번개같이 몸을 빼었다.

"무례한 놈!"

공주는 잇새로 이 외마디 소리를 치자 채찍으로 사정없이 그의 두 눈언저리를 후려갈긴 것이다. 그는 눈앞이 캄캄해지며 귀가 찢어지는 듯이 울린다. 그는 말에서 떨어졌다.

10

라펠은 공주에게 혼이 난 뒤에도 궁정 출입을 계속하였으되 긴탈드 공이 멀리 여행을 떠난 뒤에는 꿩 떨어진 매가 되고 말았다.

긴탈드 공은 마음에 무슨 단단한 결심을 하였던지 홀연히 길을 떠나 이탈리아로 프랑스로 편력하면서 당시 나폴레옹 휘하에서 활동하는 파리 출생의 장군과 장교들을 만나보고 심금을 풀어헤치어 원대한 계획을 꾸몄다.

라펠은 '크라코'에서 다시 학생 생활을 시작하였다. 그는 긴탈드 공이 떠날 때 1년 동안의 숙박비, 수업료, 기타 학교비를 주고 간 덕분에 이번에야 어엿한 수업증서를 얻게 되었다. 그리고 대학원까지 뛰어들고 말았다.

그의 뒤를 보아주는 동창생 야림스키의 권고로 그는 주제넘게 철학을 공부 한답시고 밤이면 극장과 도박장을 휩쓸고 돌아다녔다. 그러다가 그의 오직 하나 후원자인 야림스키와 대수롭지 않은 일로 대판 싸움을 하게 되어 크라 코에서도 배겨낼 수 없게 되었다.

그는 비위 좋게 고향으로 돌아왔다. 의절했던 그의 아버지도 인제야 성이 풀린 모양이었다. 그의 박람한 이야기를 듣고 이따금 늙은 눈에 웃음조차 띠우게 되었다. 더구나 그의 어머니와 그의 누이들은 얼마나 따뜻하게 반갑게 그를 맞아 준지 몰랐다. 더구나 누이 소피아는 도회지 이야기, 그 중에도 긴탈드 공 궁전 이야기를 미주알고주알 캐고 묻고 또 물었다. 나중에는 라펠이 싫증이 날 지경이었다.

평화로우나 무미한 농촌 생활이 또 시작되었다. 뛰는 피를 억지로 누르고 라펠은 농촌에서 사 년이라는 긴 세월을 보냈다. 긴탈드 공이 외유를 마치고 돌아왔다는 소문을 듣고 그는 공에게 그야말로 만지장서를 올렸다. 겉 사연은 전날에 입은 많은 은혜와 호의에 대해 감사를 표한 것이나, 속살은 제 처지를 통절하게 호소한 것이었다. 그리고 날마다 답장 오기를 기다렸으나 몇 주일은 그대로 지나갔다. '왜 그런 편지를 하였을까!'하고 후회할 때쯤 해서 긴탈드 공의 편지는 날아왔다. 그것은 라펠에게 직접 온 것이 아니라 라펠의 아버지한테 온 것이었다. 공은 라펠을 자기 비서로 꼭 좀 써야 되겠으니 제발 청을 들어 달라는 사연이다.

라펠은 아버지의 허락이 나자 공이 오라는 '와르소' 궁전으로 뛰어갔다.

이 궁전은 시가지에서 멀리 떨어져 자못 으늑한 곳인데 옛날의 굉걸하던 흔적은 아직 남았으나마 거칠 대로 거칠어 벽도 퇴락했고 쇠문에도 녹이 슬었다.

공은 놀랠 만치 변했다. 얼굴은 검고 마르고 주름살이 많이 잡히고 눈은 광채를 잃었다. 말이 다 끝난 뒤에 공은 엄숙하게 일렀다.

"우리의 저술에 대해서 절대로 침묵을 지켜야 한다. 읽는 것도 얘기하는 것도 또는 행동도 엄비에 부쳐야 된다. 알아듣겠나? 자네는 누구에게도 이 비밀을 지켜야 된단 말이야."

11

3월 어느 치운 저녁 때 라펠은 긴탈드 공을 따라 한 썰매를 같이 타고 마조베카 거리의 '붉은 집'이란 비밀결사본부를 찾아갔다. 곰털 외투로 몸을 쌌건만 한열이 왕래하는 것처럼 그는 몸을 덜덜 떨었다. 그 집 대문을 지나 어둑한 길로 그는 들어섰다. 긴 복도에 등잔 한 개가 가물가물할 뿐 어둠속이나 별로 다름이 없다. 그 복도가 끝난 곳에 문이 있고 공이 그 문을 열어 조그마한 방에 라펠을 넣어두고 나가더니 이삼 분 후에 다시 돌아 온 때는 검은 '프록코트'에 단추를 모조리 끼우고 검정 양말, 쇠단추가 달린 구두를 신고 있었다.

둘은 덤덤히 텅 빈 캄캄한 방 두 개를 지나노라니 문득 문 하나가 벼락 치는 듯한 무서운 음향을 내며 확 열리자 라펠만 오직 홀로 남았는데 둥근 천장의 들창을 모조리 검정 포목으로 가린 어두컴컴한 방 속에 들었다. 거기는 검정 탁자가 한 개 놓였고 그 위에 백골 한 개, 백골 속에는 초 한 자루 가 켜 있다. 좌우를 둘러보매 방구석에는 두개골, 요골, 손발의 뼈가 데굴데굴 구른다.

문득 바람벽이 찢어진 듯이 괴상한 빛이 번쩍하더니 지금까지 보이지 않던 검정 문이 소리 없이 열리며 그 빛 가운데 아까 긴탈드 공과 같은 차림새를 차린 사내 셋이 서 있다. 한복판에 선 사람이 서리 같은 칼을 빼들고 라펠의 앞으로 뚜벅뚜벅 다가오더니 친절하고 부드러운 폴란드(파란) 말로 늘어놓기 시작한다. 그 긴말 가운데 듣는 이의 가슴에 깊이 남도록 되풀이한 말은 '자신과 성실', '가난한

이를 두호하라', '절대 복종', '고결', '용기', '침묵' 등이다.

모든 의무를 혼신의 열성으로 이행하겠느냐, 물을 때 그는 승낙의 뜻을 보였다. 그 세 사람이 사라지고 다른 두 사람이 또 나타나 라펠의 눈을 두터운 수건으로 가리고 그의 옷을 모조리 벗겼다.

"단발마를 넘어라."

장중한 소리가 외친다. 라펠은 제 몸이 두 사람 사이에 끼어 있는 것을 느꼈다. 제 앞에 선 사람이 칼끝을 제 가슴에 대고 있는 것을 짐작하였다. 아까 그 부드러운 소리와는 딴판으로 냉랭하고 악의를 품은 사나운 말조로,

"네가 바라는 것이 뭐냐?"라고 묻는다.

"이 비밀결사에 들여 주시오."

라펠은 대답하였다. 양편에 선 사람이 그를

밀어 몇 바퀴를 돌고 그의 고향, 그의 연령, 기어이 결사에 가입을 하겠느냐, 다만 호기심으로 온 것이 아니냐. 또는 우리의 비밀을 염탐하러 온 것이 아니냐는 등 다심하고 장중한 심문이 뒤를 이어 일어났다. 라펠은 일일이 긍정과 변명을 되풀이하였다. 몇 번 싸늘한 칼끝이 그의 심장에 닿았다. 어디를 오매 경건한 절을 시키고 어디엔 몸을 굽혀 기도하고 또는 무슨 큰 장애물이 있는 것처럼 다리를 높이 들어 뛰어넘기도 하였다. 뺨 곁에서 송진을 지글지글 태우는 데도 지났다. 꿇어앉히고 '컴퍼스' 끝을 가슴에 대기도 하였다. 마지막에는 긴탈드 공의 친절하고 낭랑한 목소리로 맹세문을 읽는 소리가 들렸다. 라펠은 감격에 넘쳤다.

마침내 결사의 수속은 끝났다. 최후로 이

결사의 좌장의 소리로,

“맹우 제군, 피 병을 가져 오오.” 한다.

한 장사의 손으로 ‘컴퍼스’의 끝을 가슴에 찌르며 소리 높게,

“성법과 진리와 민족의 이름으로 이를 행한다. 금광관(金光舘)이라는 이 성 ‘요한네스’의 맹사에서.”

‘컴퍼스’의 끝은 세 번 가슴을 찔렀다. 이 외에도 여러 가지 수속을 밟아 라펠은 비밀결사의 연구생이 되었다.

12

성 ‘요하네스’ 축제일을 맞게 되자 ‘와르소’에 있는 각 비밀결사에서는 이 날에 의의 있는 사업을 일으키려고 여러 가지로 계획하다가 라펠이 가입한 금광관(金光舘)에서는 부인

단체를 규합하여 남자와 같은 조직 밑에 일대 통일을 완성하기로 하였다.

뜻대로 대회 계획은 착착 진행되어 맹원들은 자못 긴장한 가운데 그 준비에 골몰하였다. 마침내 그 날은 닥쳤다. 부인 비밀사원들도 일당에 모이게 되었다. 한번 이 운동이 일어나자 이것을 좋은 기회로 새로 가입을 신청한 유지 여성도 많고, 또는 심심파적으로 결사에나 참여하여 활동하고 싶어 하는 부인도 많았다.

이 대회 당일에도 새로 가입을 신청한 부인이 하나 있었다. 식이 얼마쯤 진행한 뒤에 회원의 찬성을 얻어 그 부인을 데려오게 되었다.

그 부인은 눈과 왼 얼굴을 검정 수건으로 가리고 나타났다. 눈같이 흰 어 깨 위에 떨어진 금발, 황홀하게 반쯤 열린 어린애 같은 입술, 제단의 구석에 놓인 여섯 개의 알코올 불은 거물거물 신비롭게 춤추어 이 아름다운 여자의 모양을 꿈결같이 떠오르게 한다. 라펠은 멍하게 그 여자를 바라보았다. 가슴은 점점 높이 뛴다. 그의 입술은 묵묵히 움직인다.

"……아아 저 금빛머리…… 아아 저 입술…… 입술……"

좌장은 여자에게,

"이름은?"하고 물었다.

"제 이름은 '헬렌 드 비스'라고 합니다."

라펠은 하마터면 외마디 소리를 칠 뻔하였다. 기쁨과 절망이 나뭇가지를 지쳐 가는 회오리바람 모양으로 그의 윈 몸을 뒤흔든다.

오랫동안 심문과 시련과 예절이 끝난 후 그 부인의 눈 가린 수건은 벗겨졌다.

라펠의 눈엔 눈물안개가 끼였다. 이윽고 수건 벗은 그 얼굴이 보인다. 숨도 끈치고 정도 그친 듯이 싸늘한, 또는 미친 듯한 눈자위로 그는 그 얼굴 을 보았다. 그 시원한 눈동자, 눈썹의 곡선, 봄꽃보담도 더 향기로운 그 뺨! 좌장은 부드럽고 온화한 얼굴빛을 띠우며 평화의 키스를 그 여자에게 주면서,

“용서할지어다. 이 평화의 키스를 주는 것을. 이것은 그대가 그대의 형제들과 자매에게 돌려주기 위한 것이니 곧 말과 악수로 이 키스를 모든 사람에게 갚을지어다.”

그는 마치 아름다운 그림자가 떠다니는 것처럼 조용하게 황홀하게 맹우들에게 키스를 주며 움직인다. 그의 내민 손은 봄눈이 떨어지는 것같이 보드랍게 맹우들의 손끝을 스쳐가며 그 입술로는 비밀암호 “Feix”라고 속살

거린다. 이 말은 곧 결사를 의미하는 것이다. 이번에는 라펠이 맨 끝에 서 있는 줄로 옮아왔다. 그는 잠깐 망설이는 듯하다가 좌장의 명령대로 또 움직였다. 라펠의 앞까지 왔다. 그는 손을 늘여 라펠의 손목에 대다가 별안간 경건하게 얼굴을 쳐든다. 왜 이분의 손이 떨리는가. 이상히 여김인 듯. 그 입술엔 아모 말도 흐르지 않았으되, 그 눈동자는 물끄러미 움직이지 않고 그 뺨엔 단번에 핏줄이 올랐다. 무너지려는 무릎은 겨우 버티었으나 어찔어찔 현기가 나는 듯. 그는 억지로 얼굴을 바루고 가만히 미소를 띠우며,

"Feix."

그 입술에서 소리가 나왔다. 몸이 또다시 떨리는 것을 검은 구름을 뚫고 나타나는 달의 번쩍임 같은 미소로 흐려 버렸다.

그의 입술은 라펠의 입술에 다가들어 황홀한 접촉으로 떨어졌다. 그 순간의 속살거림.

"……아, 하느님……."

13

라펠과 헬렌은 모든 것을 버렸다.

두 사람은 외딴 촌 주막에서 만났다. 마차 한 대가 두 사람을 싣고 달밤의 지름길을 달린다. 신기루같이 떠오르는 산과 산! 그들의 행복은 거기서 기다리는 듯. 달로 꾸민 도회, 신비로운 산협, 속살거리는 숲 그늘에 그들의 사랑의 꿈이 가장 깊게 진하게 서릴 줄이야!

두 사람은 서로 몸을 기댄다. 온몸의 혈관에 불같은 맥이 뛴다. 때때로 짤막한 이야기, 얼싸안는 말 가락, 사라지는 듯한 목청.

14

두 애인의 세상을 떠난 외로운 모옥(茅屋)은 망망한 고원 한 구석에 서있다. 그 검은 지붕은 늙은 느티나무의 큰 가지로 덮였고 벽으로는 잣나무의 굵은 등걸을 되는 대로 깎아 만들어 마치 성벽과 같이 든든히 되었다. 그 중에도 명물은 굵은 못으로 쾅쾅 박은 무거운 문이다. 이 문이야말로 그들 이 사람의 고리를 끊고 그 행복의 배를 저어 들어가는 항구의 관문이다. 얼마나 뜨거운 정열을 그 문은 채웠는가!

그 문의 빗장이 아침마다 덜컹하고 열리는 그 소리는 또 얼마나 그들에게 거룩하고 사랑스러운 것인지 모르리라. 그 때엔 늙은 농부가 가져오는 것은 김이 무럭무럭 나는 끓인 우유, 귀리과자, 꿀, 딸기 등이다.

이 모옥 바로 앞에 목장과 같은 풀밭이 펼쳐져 있고 돌바닥에 흰 물결이 굽이치는 시내까지 딸렸다. 이 풀밭 주위에는 가지각색 돌들이 늘어서서 마치 얼룩 뱀이 푸르고 흰 수 놓은 옷을 입고 보금자리를 치든 듯. 해가 떠서 이 방안에 맨 처음 광선을 던질 때 나무의 속잎을 지나 들어오는 빛은 색유리 창으로 새어드는 것 보담 더 아름다워, 마디가 울퉁불퉁한 널쪽 벽에 이 세상에 다시없는 아름다운 그림을 걸어준다. 애인들이 아침에 첫눈을 뜨면 그들에게 보이는 것은 이 풀밭이요, 이 풀밭이야말로 그들에게 사랑의 동무다. 풀밭은 그들의 넋과 같이 변한다. 매일 한 풀밭이면서 매일 변하고 보면 볼수록 아름다워진다. 풀밭 가운데에서 바람도 거닌다. 구름도 나려와 춤춘다. 비 오는 날엔 물이 흰 이빨을 보이며 웃는다. 풀밭은 남으로 향해 슬며시 경사가 졌는데 싱싱한 이끼가 담요처럼 깔리고 여기저기 그윽한 소리를 내어 물이 못으로 고인다. 이 못 언저리엔 가지가지 풀꽃이 필 대로 피었다. 자줏빛 붉은 빛 파랑이 노랑이 이름 아는 것 이름 모를 것들이 제 각기 피였다. 헬렌은 눈만 뜨면 풀밭으로 뛰어나온다. 꽃들은 의론이나 한 듯이 헬렌에게 인사한다. 인사를 하면서 소리 없는 말을 이렇게 속살거린다. 우리는 몇 세기를 두고 아모도 보아주지 않고 추어주지 않아도 저절로 피었답니다. 당신이 애인과 이 풀밭에 오기 전 몇 천년 전부터 수 없는 여름 동안을 피고 지고했답니다.

이 꽃의 가만한 속살거림을 헬렌은 잘 알 수 있었다. 끝없는 생명의 비밀을 깨달으며 헬렌은 한숨짓고 꽃에 답례한다.

조각달이 서산에 걸리고 그 어슴푸레한 빛을 아끼는 듯이 어두운 땅 위에 던질 때 헬렌은 애인의 피곤한 팔속에서 빠져 나와 몸을 창에 기대고 풀밭을 내다본다. 그럴 때엔 꽃들은 그예 시선을 피한다. 그 위를 슬쩍 덮은 장막은 이슬과 안개로 싸놓은 거미줄보담도 더 약하고 은은하다. 그 장막의 속까지 그예가 보고 싶은 견딜 수 없는 욕망을 걷잡다 못해 헬렌은 맨발로 가만히 문을 열고 조심조심 이슬 나린 찬 돌 위를 밟는다. 고개 숙인 꽃들 을 밟지 않으려고 주의주의하면서 꽃 위에 몸을 굽혀 가만가만히 쓰다듬고 어루만진다.

일기 좋은 식전꼭두엔 그들은 두 손을 맞붙잡고 산에서 산으로 거닌다. 시내 건너 물 마른 모래판에 발을 잠그고 숲 속으로 길을 헛딛기도 하며 넘어 진 나뭇등걸을 뛰어 넘기도 하고 얼키설키한 뿌리 사이를 기기도 하고 갈라 진 바위 뿔다귀를 더위잡고 올라도 간다. 어떤 때엔 사람의 발자취가 일찍이 이르지 못한 층암절벽의 꼭대기에서 서로 얼싸안고 깊은 잠에 떨어지기도 한다. 또는 같은 뿌리에서 뻗어난 두 가닥 소나무와 같이 서로 껴안은 채 끝없는 창공을 쳐다보기도 한다. 이런 높은 절정에 오르고 보면 그들은 땅 위의 모든 것이 하잘 것이 없고 제 육체까지도 초월해 버린다. 제 뼈와 살과 피가 모조리 제 허물같이 벗어버린다. 이 순간이야말로 그들의 행복의 절정이다. 이 현세의 경계선을 넘어서서 천국의 행복의 문이 열리는 듯. 그 들의 사랑은 오누이와 같이 길이길이 깊어 가는 깨끗한 정열로 변해 버렸다.

그는 헬렌의 육체에 벌써 '계집'을 보지 않고 다만 영혼을 찾아낼 뿐이다. 물끄러미 서로 들여다볼 제 죽음의 세계까지 엿보는 듯하다. 아니다, 그들 자신이 벌써 죽음이 아닌가. 다만 이따금 두 눈 속에서 입술에서, 이 땅 위의 육체를 통하여 깍지 낀 손을 통하여, 미소가 흐를 때에만 그제야 그들은 자기가 그 위에 누워 있는 바위의 한 부분도 아니요, 그들의 발아래 움직이는 구름의 한 부분도 아니요, 마치 쌍쌍이 떨어지는 두 줄기 폭포와 같이 아직 이 땅 위의 생물인 것을 알 따름이다.

15

그 날은 두 사람이 높은 산 옆에 큰 숲이 펼쳐져 있는 것을 나려다보는 동굴 입새에 가

로누워 있었다. 이 동굴에는 바위의 들창이 있고 거기서 굽어보면 천길만길의 골속을 그대로 빈틈없이 일모지하(一眸之下)에 모을 수 있었다. 여기는 무시무시할 만치 험준한 절벽으로 석회석의 허늘허늘 무너지기 쉬운 봉오리가 뾰족한 탑같이 날카롭게 안개 낀 하늘에 대지르고, 아래는 어둡고 끝없는 굴이 되어 무저나락에 맞대었다. 애인들이 시방 누워 있는 동굴은 마치 거대한 바위의 가마 속같이 검고 둥근 바위의 천장이 있고 그 그늘에 쌓인 눈은 바위와 한빛으로 굳어졌으되 그래도 물은 스며 흘러 그 언저리가 축축하다.

뜨거운 햇발이 타는 듯이 두 사람을 못 견디게 굴 때엔 둘은 즐겁게 웃으며 굴 안으로 기어들어 영겁에 사라지지 않는 눈에 잔등이를 슬쩍 대고 태양을 비웃는 얼굴 짓을 한다.

그들은 그 통쾌한 시원한 맛을 폐 가득히 들어 마시고 볕에 그을린 검은 얼굴로 태양을 내다본다. 그들은 대지와 창공을 번갈아 보며 몇 시간이든지 그대로 지낸다. 게으른 눈초리로 그들은 산의 오정을 가르쳐 주는 선구자를 맞는다. 그것은 번쩍이는 가느다란 구름이다.

오정 때가 되면 마치 가는 바람이 하늘하늘한 치마 주름을 누빈 듯이 설명한 구름 가닥이 묵묵히 이 땅 위에 다시없는 아름다운 골에서 봉우리를 향 해 움직이는 것이다.

그리하여 그들은 밤이 되어도 그곳을 떠나지 않았다. 어둑어둑해지자 동굴의 입새에 횃불을 태우고 항용 하듯이 두 사람은 외투 속에 들어가서 고단 한 잠이 들고 말았다. 밤샐 때쯤 하여 라펠은 야릇하게 무서운 느낌에 눌려 문득 무거운 잠에서 깨어 바위 위에서 몸을 일으키려 하였으나, 그 순간 몸을 움직일 수 없도록 결박해 놓은 것을 알았다. 오른손을 펴서 가슴속에 넣어둔 단검을 찾으려 하였으되 손이 도무지 움직이지 않는다. 그와 동시에 칼이 없어진 것도 깨달았다. 그는 땅바닥에 엎어진 대로 손은 팔과 팔목을, 발은 무릎과 발목을, 든든한 밧줄로 얼짜서 단단히 결박되어 있다. 그는 몸부림을 치며 이 사태를 알려고 할 때, 헬렌의 미친 듯이 부르짖는 소리가 들렸다. 그는 몸을 뒹굴리며 뱀같이 서리를 쳐서 간신히 머리만을 쳐들 수 있었다. 타오르는 횃불 빛에 보이는 것은 칠팔 명의 산적이다. 그 도적놈들의 뾰족하고 높은 모자는 보기만 해도 무시무시하다. 한 놈은 여우 꼬리를 붙이고 한 놈은 제가 잡은 독수리 깃을 붙이고 한 놈은 이빨 붙은 곰의 악골, 또 한 놈은 이리의 어금니를 붙인 등 이 세상엔 그 무서운 꼴은 처음 보는 것이다.

라펠은 맹렬히 몸을 일으켰으나 밧줄이 살을 씹고 들어가 뼈까지 뚝뚝 부서지는 소리를 낸다. 그의 눈엔 헬렌이 보인다. 산적들은 서로 다투며 그를 희롱한다. 라펠은 앓는 소리를 내었다. 그 소리는 마치 철봉과 같이 그의 가슴과 목을 뚫고 쏟아진다. 그의 머리는 사자와 같이 흔들리고 그의 눈은 눈방울이 튕겨 나오도록 이 광경을 노려본다. 헬렌은 절명의 외마디 소리를 친다.…… 그러자 라펠은 산적의 한 놈이 헬렌을 땅바닥에 거꾸러뜨리는 것을 보았다. 헬렌은 미친 듯이 맹렬히 이빨로 싸운다. 산적의 손은 그의 윗옷을 찢고 속옷을 찢고 발가벗기고 마지막엔 라펠이 이 땅 위에서 차마 볼 수 없는 극흉 극악한 짓을 한다. 라펠은 아귀와 같이 돌을 깨물고 분해하며 그의 몸은 불길 속에 든 뱀과 같이 꾸불거리며 손가락은 바위 뿔따구를 쥐어뜯어 피투성이가 된다. 그럴 사이 무엇이 그의 등에 무겁게 걸터앉으며 그의 머리를 무서운 힘으로 바위틈에 지질렀다. 인제 그는 보지도 못 하고 듣지도 못하게 되었다. 눈은 피투성이가 되어 불의 세계를 보는 듯하고 머릿속은 연기의 소용돌이에 그을리는 듯. 그래도 버르적거려 간신히 또 머리를 쳐든다. 헬렌이 보인다. 헬렌은 다시 그 다음 산적의 손아귀에서 벗어나 미친개처럼 날뛰며 그 산적도 맨 처음 놈처럼 헬렌을 거꾸러뜨리고 맹수와 같이…….

그러나 그때 라펠은 겨우 숨을 내 쉴 수 있었다. 반신 피투성이가 된 벌거벗은 헬렌은 내어 민 바위 위에 뛰어오르더니 그 절벽에서 천 길의 골속에 나는 새와 같이 뛰어내리고 말았다.

16

오랫동안 혼수상태에서 간신히 깨어난 라펠은 제 몸 위에 큼직한 산적의 외투가 덮여져 있는 것을 보았다. 그는 머리를 쳐들고 그 외투를 걷어치워 보니 제 몸엔 당홍빛 바지에 혼란한 겉저고리까지 꼭 산적과 같이 입혀 놓았다. 그리고 그 옆엔 예리한 터키(土耳其) 단검과 든든한 벚나무 곤봉이 있었다. 그러나 그뿐인가, 산적은 이런 무기 외에 두 조각 빵과 한 덩이 산양 젖으로 만든 치즈와 조그마한 병에 술까지 남겨 두었다. 더구나 놀란 것은 그의 머리와 팔에 붕대까지 감아 놓았다.

그는 일어나 보려 하였다. 그 자리를 움직

이자마자 비로소 헬렌이 없구나! 하는 것을 절실히 느꼈다. 머리 위에서 큰 바위가 떨어진 듯이 슬픔의 큰 무게가 그의 존재를 덮어누르고 그는 아모 저항도 없이 그대로 넘어져 찌그러드는 듯하였다.

그는 산으로 들로 단애로 절벽으로 시내로 숲 속으로 미친 듯이 뛰어다니며 헬렌을 찾았다. 복수의 일념에 온몸을 태우며 산적의 발자취를 찾았다.

그러나 물론 다 헛일이었다. 그는 사람의 그림자조차 만나지 못하고 말았다. 밤이 되고 낮이 되었다. 해가 지고 달이 솟았다. 입술은 타고 목은 잠기고 가슴은 미쳐 나갈 듯이 펄떡거렸다. 그러나 애인과 원수의 종적은 가뭇없이 사라지고 말았다.

며칠 만에야 그는 사람을 만나기는 만났다.

그것은 열 세 사람의 군대이었다. 그가 산적의 차림을 한 것을 보고 군대는 그를 잡았다. 그는 감옥에 감금되는 몸이 되고 말았다.

무명 영웅

에드몽 로스탕

1

별안간에 쓸 것도 없으니까, 색책(塞責)으로 프랑스(佛蘭西) 소단(騷壇) 19세기 도미(掉尾)의 명작인 하나이 「시라노 드 베르즈라크(Cyrano de Bergerac」나 소개해 볼까.

그 작자 에드몽 로스탕(Edmond Rostand. 1868~1918), 프랑스 남쪽 항구 인 마르세이유 태생으로 그의 부친은 신문 기자요 경제학자인 반면에 시 짓기를 좋아하였고 또 음악가의 혈통이 있기 때문에 그는 어려서부터 시와 음 악으로 그 부드러운 정서를 기를 수 있었다. 철학도 배우고 미학에도 맛을 들여 보았고 또 법률을 연구한 결과, 법학사란 학위까지 얻었다. 그러나 그는 법률가가 되지 않고 아름다운 시집을 내기도 하며 어여쁜 여시인과 백년가약을 맺기도 하였다. 그가 23세가 되었을 때 「레 르마네스크」란 각본을 내었나니 이것이 자연주의에 대한 반동예술가인 그의 제일성이요 현란한 후기 낭만파의 서곡이었다. 4년 후에 일대의 명여우 사라 베르나르를 위하여 「먼 나라의 여왕」을 지었고, 또 그 후에 역시 그 여우를 위하여 「라 사마 리테느」를 지었는데 남우 노코크렌의 의뢰를 받아 쓴 것이 그의 이름을 후세에까지 빛나게 할 이 「시라노 드 베르제라크」였다.

그것은 1897년의 일이다. 이 작품이 1897년 12월 28일 밤 한번 프르트센 마르테느 좌에 상연되자 파리 전시(全市)는 비등되고 말았다. 지식계급이고 속중(俗衆)이고 할 것 없이 로스탕은 하룻밤 사이에 전 프랑스인의 혼을 잡은 것이다. 그들의 흉중에 교착된 전통적 감정과 근대적 정신을 한꺼번에 파악한 것이다. 이 끔찍한 환영은 그 후 1년 반 동안을 두고 쇠하지 않았고 그 각본은 유럽(歐羅巴) 각국 말로 번역되었다. 서두는 이만 하고 원대 문으로 들어가자.

2

「시라노 드 베르제라크」는 시인이요. 철학자요. 또 검객이었다. 입을 벌리면 철리(哲理)가 흐르고, 적과 생사를 다투면서도 시를 읊조리며, 단신단기(單身單騎)로 기사 백 명을 무찌를 만큼 그의 검술은 일세에 대적할 이가 없었다. 이렇듯이 다재다능하고 용협무쌍한 그이언만, 원수의 얼굴 하나가 잘 생겨먹지를 않았다. 엄청나게 크고 높은 코는 보기에도 징글징글하다.

그 자신의 말을 빌리면 작은 새가 깃들일 만한 횃대이었고, 최신 유행의 모자걸이였고 담배 연기를 뿜으면 불이 났다고 소동을 할 지경이요, 피를 흘리면 홍해를 이룰 형편이다.

이런 엄청난 코의 임자로 가슴 속 깊이 사랑하는 처녀가 있는 것부터 비극이다. 그 남 모르는 애인은 곧 자기의 사촌누이 로크사느였는데 그의 눈에 비친 로크사느의 아름다운 모양은 하늘에도 땅에도 그 짝을 찾기 어려웠다.

미를 맡은 여신 비너스가 조개를 타고 물결 위로 지쳐가는 모양도 그의 교군할 모양을 따르지 못할 것이었고, 사냥 맡은 여신 잔느가 꽃으로 수놓은 봄들을 지나가는 걸음걸이도 그가 파리 거리에 급기는 발자취에는 비길 것도 되지 못하였다. 이런 절세가인에게 그의 가슴은 탔고 그의 애는 졸이었으되 제 얼굴을 제가 잘 아는 그는 이 뜨겁고 괴로운 사랑을 하소연하려 들지 않았다. 자줏빛 황혼, 은가루를 뿌린 듯한 달빛 아래 그는 기사와 귀부인이 서로 얼싸안고 있는 환영을 눈앞에 꿈꾸다가도 제 코의 그림자를 보면 아름다운 환상은 쪼각쪼각 부서질 따름이었다.

그런데 하룻날 로크사느의 시비(侍婢)는 시라노에게 나타나서 제 주인 아씨가 좀 만나보자는 말을 전한다. 이때 시라노의 기쁨은 어떠하였으랴. 그의 가슴은 저절로 뛰고 그 다리는 저절로 우쭐거렸다. 그는 말로 못할 뜨거 운 사랑의 하소연을 글로 적어 가지고 주소(晝宵)에 못 잊던 애인을 만나 보기는 보았건만, 애인의 말은 어떠하였느냐. 자기가 크리스장이란 기사를 사랑한다는 것과 사촌 남매의 정을 보아 그를 잘 보호해 주고 비위에 틀리는 일이 있어도 결코 결투를 말 것과, 또 자기가 사랑한다는 그 기사에게 전해 주고 기사로 하여금 자기에게 편지를 하게 하라는 부탁이었다. 이 얼마나 기막힌 환멸이냐. 실상인즉 로크사느는 시라노가 시를 읊어가며 결투에 이기는 것을 제 눈으로도 보았고 또 한칼에 백 명을 물리쳤다는 소문을 듣고 제 애인의 장래를 부탁하려 그를 찾았던 것이다.

3

그 후 그는 제 사랑의 원수 크리스장을 만

났다. 철없고 경솔한 크리스장은 그 이상한 코를 보고 많은 욕설을 하였건만 시라노는 꿀꺽꿀꺽 소용돌이치는 분노를 참고 자기가 로크사느의 사촌형인 것과 또 로크사느의 말을 전 하매 그제야 크리스장은 제 잘못을 사례하고 두 사람은 일면여구(一面如舊) 로 절친하게 되었는데 크리스장으로 말하면 얼굴은 비록 잘났으나 그야말로 청보(靑褓)에 개똥이었다. 정찰(情札) 한 장 똑똑히 쓸 줄을 몰랐다. 이에 시라노는 제가 일찍이 써 두었던 편지를 크리스장의 이름으로 로크사느에게 보내기로 하고 사랑에 쓰는 말까지 일과 삼아 가르쳐 주었다.

시라노의 주선으로 크리스장과 로크사느 — 정남연녀(情男戀女)는 달 밝은 저녁 한 걸상에 앉게 되었다. 정열에 띄인 로크사느는 꿈결

같은 감정에 눈을 반만 감으며 크리스장에게 사랑 이야기를 해 달라고 졸랐다. 그러나 속이 텅 빈 크리스장은 "나는 당신을 사랑합니다."란 말만 뒤삶고 곱삶을 뿐이요, 꽃답고 꿀 같은 말씨를 속살거릴 줄 몰랐다. 마침내 로끄사느는 눈썹을 찡기며 "나는 크림 바른 과자를 원하는데 당신은 맛없는 빵만 줍니다 그려."라는 한 마디를 남기고 소매를 떨치며 일어섰다.

크리스장은 초연히 시라노에게 돌아와서 실패한 사연을 말하고 저를 도와 달라고 비두발괄하였다. 그래 시라노는 크리스장을 끌고 로크사느 집 노대(露臺) 앞에 왔다. 시라노는 모래를 던져 로크사느의 창문을 열게 한 뒤에 자기는 어두컴컴한 노대 밑에 몸을 숨기고 앞에 나선 크리스장에게 가만가만히 말을 가르쳐 주었다. 멋있는 말씨는 앵돌아진 로크사느의 마음을 돌릴 수 있었으나 남의 말을 받아서 되풀이를 하고 보니 말 사이가 뜨고 또 더듬거리매 로크사느는 조금 의심을 하는 눈치였다. 어쩔 수 없이 시라노는 크리스장을 노대 밑으로 끌어놓고 몸소 나와서 얼굴을 어둠에 숨기면서 흐르는 듯한 말솜씨를 빚어내었다. 물론 크리스장을 위해 하는 노릇이로되 제 가슴 속 깊이 맺히고 서린 정열은 자연히 말끝에 넘치었다. 로크사느는 한껏 감동되고 말았다. 그는 맹서의 표적 '애착이란 글자 위에 찍은 홍점', '귀에 속살거리지 않고 입에 속살거리는 비밀', '순간으로 무궁을 만드는 밀봉의 나래소리', '봄들의 꽃과 같이 향기로운 성찬' ─키스를 청하기까지 되었다. 크리스장은 노대 위에 기어 올라갔다. 사랑에 겨운

젊은 남녀는 자지러진 키스에 넋을 잃는다. 이 광경을 쳐다보는 시라노의 마음은 그 어떠하랴! 코 하나가 잘 못된 탓으로 지극히 사랑하는 애인을 남의 손에 맡기는 그의 가슴은 피멍이 들었으리라.

"사랑의 향연의 키스의 시작이란 말인 가. 라자르인 나는 어둠에 문에 내버렸단 말이지. 그러나 이 나도 그 향연에 참예는 한셈이다. 같이 먹는 턱이다. 로크사느 내 가슴도 참예는 했습니다. 왜 그러냐 하면 당신의 입술은 당신도 모르는 사이에 내 말씨를 입맞추고 있는 터이니까."

이 얼마나 애닯고 비통한 소리냐.

4

로크사느의 어여쁜 용모에 속을 끓이는 사

람은 비단 크리스장과 시라노가 아니었다. 당대의 세력가인 드 기쉬 백작도 그 용모에 넋을 잃은 한 사람이다. 그는 갖은 수단을 다부리며 로크사느의 사랑을 끌어 보려 하였으나, 이내 성공을 못하고 있던 중 프랑스와 스페인(西班牙) 사이에 전쟁이 일어나서 그는 원수로 출전하게 되었다. 그는 출발하기 전에 알뜰한 사람과 단 둘이 만나보려고 군대를 먼저 떠나보내고 승원(僧院)에 몸을 숨기고 파리에 처졌다. 로크사느와 크리스장이 서로 사랑의 키스를 주고받을 때 그는 신부 하나를 시켜서 로크사느에게 편지 한 장을 보내었는데 그 사연인즉 나는 전장에 아니 나갈 수 없게 되었고 그리운 그대의 얼굴을 한번 다시 보지 않고는 발길이 떨어지지 않으니 밤을 타서 찾아갈 터이매 홀로 기다려 달란 것이었다. 기지가 많은 로크사느는 신부를 향하여 지금 드 기쉬 백작의 편지는 나와 크리스장을 결혼시키기 위하여 신부를 보내었다 하였으니 한시 바삐 예식을 거행케 해 달라고 하였다. 그 말을 곧이들은 신부는 두 사람의 결혼을 시키려고 집안으로 들어가고 시라노는 드 기쉬의 오는 길을 막으려고 정원에서 기다리기로 하였다. 과연 드 기쉬는 로크사느 집 문전에 나타났다. 일부러 나무 위에 올라갔던 시라노는 문득 그의 앞으로 떨어지며 자기는 월세계에서 인간에 떨어졌다 하여 허황하고도 그럴듯한 말로 드 기쉬의 발길을 멈추고 있을 사이에 안에서는 벌써 결혼식을 마치고 신랑 신부가 어깨를 겨누어 정원으로 나왔다. 이 광경을 본 드 기쉬는 분함을 참지 못하여 그 자리에서 크리스장과 시라노에게 출전을 명령하였다. 첫날밤도 치르지 못하고 남편을 전지로 보내는 로크사느의 마음은 얼마나 아팠으랴. 그는 몇 번이나 남편에게 매어 달리며 이별을 아끼다가 시라노를 보고 크리스장을 보호할 것과 마음을 변치 말게 할 것과 자조 편지를 하게 할 것을 부탁 하였다. 편지 말을 듣자 시라노의 얼굴은 번쩍이며 그리 하마고 승낙 하였다. 전지에서 시라노는 타는 듯한 제 정열을 쏟아서 하로 열두 번씩 크리스장의 명의로 로크사느에게 편지를 하였다. 편지를 부치자면 적진을 뚫고 나가야 되는 노릇이니 그의 무용도 놀랠 만하거니와 사랑에 대한 정성도 지극하지 않으냐. 이런 끔찍한 모험과 열성도 결국은 남의 정만 두텁게 할 것을 생각하면 그 심곡(心曲)이 눈물겹지 않으냐. 일변으로 로크사느는 그 정찰에 전도되어 물과 불을 헤아리지 않게 되었다. 그는 연약한 여자의 몸으로 적진을 거쳐서 제 남편 있는 전장에 나타나게 되었다. 시라노는 애인의 얼굴을 죽기 전에 다시 한 번 보게 되었으니 그 기쁨이야 말할 수 없지 마는 나날이 하는 편지를 일일이 크리스장에게 알려 주지 않았으므로 크리스장과 로크사느가 서고 만나 만일 편지 이야기가 날 것 같으면 두 사이의 행복을 부술 염려가 없지 않았다. 그는 크리스장을 넌즈시 불러 대신 편지의 일절을 말하고 지금 또 자기가 로크사느에게 부치려고 써 두었던 최후의 편지를 주었다. 크리스장은 어렴풋이 시라노의 흉중을 짐작한 듯싶었다. 신랑과 신부가 단둘이 만나자 로크사느는 자기가 죽음을 무릅쓰고 찾아온 것은 그 열렬한 정찰 때문인 것과 처음에는 미모에 마음이 움직였으나 이

제는 아름다운 마음과 번쩍이는 재화(才華)에 온몸 왼 마음이 기울어진 것을 설명하였다. 얼굴이 못나도 좋다, 병신이라도 좋다. 그 마음 그 혼이면 모든 것을 바치겠다고 맹서 맹서하였다. 이때 크리스장은 깨달았다. 로크사느는 결코 자기를 사랑함이 아니요 시라노의 말씨와 글을 사랑한 것을. 그는 이 쓰디쓴 환멸에 견디다 못하여 적진으로 뛰어들어 적탄을 맞고 죽고 말았다.

애인의 무참한 최후를 본 로크사느는 미칠 듯이 울었다. 그는 애인의 가에 품고 있던 최후의 정찰, 기실 시라노의 편지를 마지막 기념으로 제 가슴에 품었다.

5

15년이란 세월이 흘러갔다. 사랑을 여인

로크사느는 검은 상복으로 꽃다운 몸을 가리고 쓸쓸한 수도원에 묻히고 말았다. 추억의 한숨 회상의 눈물에 젖은 그의 참담한 생활에 오직 한 가지의 즐거움이랄 것은 시라노의 방문이었다. 그는 14년 동안 비가 오나 눈이 오나 하로도 빼지 않고 토요일 마다 일정한 시간에 로크사느를 찾아 주었다. 땡 하는 시계 소리가 그치자마자 시라노의 지팡이 소리는 돌층층대에서 났다. 인제 로크사느는 돌아보지 않아도 시라노가 온 줄을 알아챌 지경이다. 시라노로 말하면 그와 같이 절대의 재화와 개세(蓋世)의 용맹이 있건마는 불의와 권력을 미워하기를 사갈(蛇蝎)같이 하고 어디까지 자기를 버티기 때문에 그는 여지없이 곤궁해졌다. 삼순(三旬)에 구식(九食)도 어려운 그는 하로에 혁대 구멍 하나씩 줄어들었으되 로크사느를 찾아가는 길에는 언제든지 활기가 넘치었다.

소슬한 금풍(金風) 만물이 영락할 시절은 왔다. 낙엽이 비 오듯 하는 어느 가을날 토요일, 시라노는 역시 시간을 맞추어 로크사느를 찾아가는 도중에 그의 적당(敵黨)에게 저격한 바 되어 치명상을 당하고 말았다. 응급 치 료로 간신히 정신을 차리자 그는 확연히 병상에서 일어났다. 붕대 감은 머리를 숨기려고 모자를 눈까지 눌러 쓴 뒤에 천근같이 무거운 몸을 지팡이에 실려서 그는 기어이 로크사느를 찾아갔다. 정원에 자수대를 끌어내어다 놓고 수를 놓고 있던 로크사느는 지팡이 소리로 시라노가 온 줄 알고 돌아보지도 않으며 "14년 동안에 지각은 오늘이 처음입니다그려." 하였다. 시라노는 아픈 몸을 추수려 간신히 늘 앉는 교의에 걸어앉으며 마지막 빗장을 만 나서 조금 늦은 일과 오늘은 기어이 만나야 될 사람이 있으니 잠깐만 기다려 달라고 한 것을 쾌활하게 대답한다. 그 얼마나 침통한 정경이냐. 고통을 이기다 못해 시라노의 말이 잠깐 끊어지매 로크사느는 돌아다보았다가 그 푸른 얼굴빛을 보고 놀랐다. 그러나 시라노는 제가 치명상을 입은 것을 어디까지 숨기고 다만 그 때 전장에서 다친 자리가 아프다고 얼렁뚱땅 하였다. 이 말이 로크사느에게 크리스장을 생각나게 하고 그때 그의 가슴에서 빼어내어 시방 제 가슴에 품고 있는 최후의 정찰로 화제는 옮겨졌다. 시라 노는 그 편지를 보자 하였다. 로크사느는 편지를 꺼내어 시라노를 주고자 기는 다시 자수대 앞에 앉아서 그 편지 읽는 소리에 귀를 기우렸다. 어느결엔지 해는 떨어지고 목청으로 그 편지를 소리 내어 읽었다. 그 목소리!

그 목소리! 그것은 로크사느의 귀에 매우 익은 소리였다. 그는 가만가만히 사내 곁으로 가까이 걸어가서 편지를 들여다본즉 캄캄한 모색(暮色)에 알아 볼 길이 없으되 시라노는 그래도 낭독을 말지 않았다. 로크사노는 모든 것 을 알아채었다. 옛날 노대 밑에서 사랑의 말씨를 속살거린 이도 시라노였고, 살이 타고 피가 마르는 정찰도 시라노의 한 노릇인 줄 분명히 깨칠 수 있었다. 그러나 시라노는 어디까지 사실을 부인하였다. 이러는 판에 시라노를 간호하던 친구가 닥치어 로크사느 앞에서 편지를 읽는 이 사람이야말로 명재경각(命在頃刻)의 중상자임을 알게 되었다. 그제야 시라노는 붕대 감은 머리를 드러내며 자기의 일평생이 모도 실패임을 한탄하였다. 훌륭한 적수를 만나 마혁과시(馬革裹屍)를 원하였더니 그 뜻조차 이루지 못하고 좀된 놈의 저격을 입어 이 지경이 되고 말았다. 그의 생애는 남을 빛내어 주고 자기는 어둠에 묻히는 생애였다. 그의 작품을 표절한 몰리에르는 천재였고 그의 말과 글을 빌린 크리스장은 사랑에 승리한 미남자였다. 누가 이 무명 영웅의 슬픔에 일국(一掬)의 동정루(同情淚)를 아끼랴. 그러나 비록 목숨이 끊어지는 때일망정 그렇게 사랑하던 로크사느가 그 속을 알아주었으니 시라노는 눈을 감을 수 있었을 것이다.

이 작품은 이탈리아(伊太利) 어느 회사의 손으로 활동사진이 되어 월전에 우미관에서 나타났었다. 각본만 읽고 그 실연(實演)을 못 본 나는 그 활동사진을 보고 감흥이 새로워서 황잡(荒雜)한 소개나마 이 일문을 초한 것이다.

가을의 하룻밤

고리키

어느 가을 나는 이럴 수도 없고 저럴 수도 없는 참담한 경우를 당한 일이 있다. 처음 온 수토(殊土) — 아는 사람 하나 없는 낯선 타향에서 나는 주 머니에 돈이라고는 쇠천 샐 닢도 없고 하룻밤 눈 붙일 곳도 없는 내 자신을 발견하였다.

처음 와서 이틀 사흘 지나는 동안에 내 몸에 붙어 있는 것으로 없어도 출 입 못하게 되잖을 것을 있는 대로 다 팔아먹은 나는 그 시가지를 나와 증기선 부두가 있는 '이스테'라고 하는 데를 가 보았다. 거기는 항해의 시절이면은 거친 노동자의 생활로 하여 뒤끓는 듯 하던 곳이건만, 시방은 적적 히 사람의 그림자 하나 어른거리지 않았다. 그 때는 벌써 시월의 마지막 날 인 까닭이다.

축축이 젖은 자각 돌멩이에서 자각 돌멩이로 발을 질질 끌며 그 어디 면포(麪麭)의 조각이 떨어져 있지나 않았는가 하고 눈에 불을 켜면서 나는 인적 이 끊어진 건물과 창고 가로 빙빙 돌아다니었다. 그러면서 먹을 것이 넉넉함은 얼마나 좋은 일이랴 하였다.

오늘날 우리의 교양 정도에 있어서는 마음 주림은 육체의 주림보담 쉽게 채울 수 있는 것이다. 시(試)컨대 길거리에 방황해 보라. 밖으로 보아도 — 물론 내부도 그렇게 나쁘지 않을 듯한 건물이 제군의 전후좌우에 즐비할 것 이다. 그것을 보고 제군은 어떤 생각을 일으키는가. 필연코 건축이라든가 위생이라든가 기타 종종의 현명하고 고상한 문제에 관하여 갖가지로 사색할 것이다. 그리고 또 제군은 따스하고 말쑥하게 차림차림을 차린 분들과 마조 치리라. 그네들이 제군에게 대한 태도는 어떠한가 — 모두 예절 있게 깍듯하게 제군의 생활상의 비참한 사실을 주의치 않으려고 짐짓 외면을 할 것이다. 이렇다, 이렇다. 배고픈 사람의 마음은 배부른 사람의 마음보담 반보담 더 수양되었고 보담 더 건전한 것이다. — 여기다! 여기 배곯는 이를 위하여 만장(萬丈)의 기염(氣焰)을 토(吐)할 결론도 생기는 것이다.

날은 저물고 비는 뿌리며 북녘 바람이 맹렬히 불기 시작하였다. 솨르륵 솨르륵 텅 빈 울막과 가가를 울리며 주점의 칠(漆)먹인 창경

(窓鏡)속으로 불어 들기도 하고, 강물에 부딪혀 거품을 내기도 하였다. 물결은 흰 대강이를 높이 치어들고 쫓기고 쫓으며 멀리멀리 달음질하다가, 조급하게 피차(彼此)의 어깨를 뛰어넘고는 좌알 하고 높은 소리를 지르며 물가에 기어오른다.

그것은 마치 강이 겨울이 가까웠음을 느끼고 북풍이 오늘밤이라도 강 위에 던질는지 모르는 얼음의 올가미로부터 벗어나려고 들숨날숨 없이 달아나고 또 달아나는 것과 같다. 하늘은 무겁고 어두웠다. 그리로부터 거의 눈에 보이지 않는 가랑비가 쉴 새 없이 부슬부슬 뿌리고 있었다. 그리고 나를 에두른 모든 읍울(悒鬱)스러운 자연의 비가(悲歌)는 산산이 부서지고 찢겨져 형체조차 남지 않은 버드나무 두어 주(株)와 그 뿌리에 매이어 있는 엎어진 편주(扁舟)한 척(隻)을 얻어 한층 더 그럴듯한 운치를 보태고 있었다.

전복되어 용골(龍骨)을 기울트리고 잇는 유선(遊船), 찬바람에 겁략(劫掠) 된 차마 볼 수 없는 노목(老木) — 나의 주위에 있는 것치고 어느 것 하나 파괴(破壞)되고 황량하고 생기 없지 않은 것은 없었다. 그것을 조상하는 듯이 하늘은 마를 때 모르는 눈물을 흘리고 있었다……. 참말 나의 주위엔 음 침(陰沈)과 최패(催敗)와 영락(零落)이 있을 뿐이었다…….

나 홀로 살았고 딴 것은 말끔 죽은 듯하였다. 그러나 하느님은 생물인 나조차 동사(凍死)나 기다리고 있다.

나는 그때 십팔 세이었다. — 좋은 시절이다! 덜덜 떨리는 이(齒)사이로 추움과 주림을 읊은 노래를 읊조리면서 차가운 자각 돌멩이

위를 걸어다니던 나는 무슨 먹을 것이 없나 하고, 어떤 판장 밑을 자세자세 살피다가 우연히 그 밑에 물에 빠진 새앙 쥐가 되어 물 흐르는 옷이 두 어깨에 달라붙은 웬 여인이 땅 위에 구부리고 있는 것이 나의 눈에 띄었다. 나는 주춤 발길 을 멈추고 그 여인이 무엇을 하고 있는지 살피었다. 궐녀는 두 손으로 모래를 후벼 파고 있는 것 같다. — 판장 밑을 파 뚫으려는 것 같다.

"무엇을 해?"

라고 나는 궐녀 가까이 다가들어 엉거주춤 허리를 굽히고 물어 보았다.

궐녀는 그윽한 소리를 내자 놀랜 듯이 몸을 일으켰다. 그가 호동그렇게 회색의 눈으로 나를 뚫을 듯이 바라보고 있을 사이에 나는 궐녀가 나와 동년배인 소녀인 것과 그리 밉지 않은 얼굴에 불행히 세 개 푸른 사마귀가 있는 것을 보아 알았다. 그 푸른 사마귀는 둘은 두 눈 밑에, 또 하나 조금 큰 것은 코뿌리에 있는데 — 뛰어나게 큰 것도 없고 뛰어나게 작은 것도 없을 뿐 더러 또 분포의 배치조차 극히 교묘하건만, 그래도 그것이 궐녀의 아름다움으로 볼 수 있었었다. 이 배치의 미는 분명히 인간의 용모를 망하게 하는 데 숙달한 미술가의 작품이리라.

소녀는 나를 이윽히 바라보고 있음을 따라 그 눈 가운데 공포가 차츰차츰 걷히어 갔었다……. 궐녀는 두 손에 모래를 털며 목면의 머릿수건을 곤치고는 다시금 주저앉으면서 이런 말을 하였다.

"너도 먹을 것을 찾고 있지? 그렇거든 파보아! 나는 그만 손에 힘이 없어졌어. 저기야

— ." 하고 궐녀는 울막을 얼굴로 가리키면서,

"필연 면포도 있을 게고…… 곱창도 있을 게야…… 저 울막에서는 시방도 장사를 하니까."

나는 파기 시작하였다. 궐녀는 잠깐 나의 하는 양을 바라보고 있다가 나의 곁에 앉아 나를 거들어 주었다.

나는 묵묵히 일을 하고 있었다. 그 범죄의 순간에는 도덕이라든가 법률이 라든가 또는 경력 많은 분들의 가르침과 같은, 사람이 살아 있는 동안에 일각일초라도 염두에 먹지 않아서는 아니 된다는, 모든 것을 내가 생각하였는지 않았는지는 오늘날 앉아서 단언할 수 없다. 다만 할 수 있는 대로 '참'을 떠나지 않기 위하여, 나는 아래와 같은 사실을 자백 않을 수가 없다. 곧 그 순간에 나는 오직 한 생각 — 무엇이 이 판장 안에 있는가 하는 것밖에 모든 것을 잊었(忘)을 만치 그만치 나는 그 널조각 밑을 후벼 파기에 열심이었다는 그것이다.

밤은 깊어 간다. 곰팡이같이 사람에게 앉히는 쌀쌀한 잿빛 안개는 더욱 짙게 우리를 에워싼다. 굵고 센 빗발은 판장의 널조각에 퍼붓고, 물결의 포후(咆吼)하는 소리는 산이 무너지는 것 같다. 어디서인지 밤 순라(巡邏)가 그 덜렁덜렁하는 것을 울리기 시작하였다.

"그 울 밑에 밑받침이 있어, 없어?"

라고 나의 조수가 정다이 묻는다. 나는 궐녀가 무슨 말을 하였는지 채 못 알아들었기에 잠자코 있는 수밖에 없었다.

"그 울 밑에 밑받침이 있느냐 말이야? 밑받침이 있고 보면 암만 파 들어가도 헛일이지.

우리가 시방 뚫고 들어가려고 하는데 밑받침이 있으면 마침 내 그것에 맞힐 뿐이 아니야. 이러는 것보다는 차라리 자물쇠를 비트는 편이 좋겠구먼. 썩어서 흐늘흐늘 하는 자물쇠이니."

좋은 생각이란 좀처럼 여인의 소견에 생기는 것이 아니다. 그러나 보는 바와 같이 나는 때도 있는 것 같다. 나는 언제든지 좋은 생각을 귀중히 알며, 또 언제든지 그것을 될 수 있는 대로 많이 이용하기에 힘쓰는 사람이다.

자물쇠를 찾아내자 나는 이여차 하고 잡아채니 과연 몽땅 둘러빠진다. 나의 공범자는 땅바닥에 꿇어 엎드려서 아가리를 벌린 네모난 구멍 안으로 뱀같이 기어 들어가며 가는 목소리로 나를 칭찬해 주었다.

"쓸 만한 사람인걸!"

시방이면은 여자로부터 터럭만한 칭찬을 받더라도, 고금의 연설가를 낱낱 이 한 묶음에 묶은 것 보담도, 더 나은 웅변가가 있는 찬사를 다 늘어놓는 것 보담 더 고맙게 생각할 나이건만, 그 때의 나는 지금과 같이 싹싹하고 연(軟)한 내가 아니었으므로 나의 협력자의 그럼에 대하여는 아무런 주의도 하지 않고 다만 걱정스럽게 궐녀에게 물었다.

"무엇이 있니?"

궐녀는 단조로운 어조로 제가 발견한 것을 헤아렸다.

"병 한 광주리. 두터운 모피. 차양(遮陽)한. 양철통 하나."

그것은 말끔 먹지 못할 물건이다. 나는 희망이 사라지는 듯하였다……. 그럴 즈음에 궐녀는 문득 기운차게 부르짖었다.

"아! 있어, 있어!"

"무엇이?"

"면포가 한 덩어리 있어……. 조금 눅눅할 뿐이야……자아. 받아요!"

면포 한 덩어리가 나의 발부리에 날아오자 뒤미처 궐녀, 나의 용감한 협력자도 뛰어나왔다. 나는 벌써 한 조각을 물어 떼어 입안이 뿌듯하게 움질거리고 있었다…….

"나도 좀 주어요!……한데 우리가 여기는 있을 수 없지……어디로 갈 꼬?"

궐녀는 사방을 두런두런 둘러보았다……. 거기는 암흑과 습기와 황량이 있을 뿐이었다.

"옳지! 거기 엎어진 유선이 있구먼……저리로 가."

"응. 가자!"

우리는 걷기 시작하였다. 그 노략 물을 입

가득히 씹으면서……. 비는 더욱 극렬해 가고 물소리는 요란해 간다. 어디서인지 여음을 길게 빼며 조소하는 듯이 휘이휘이 하는 소리가 울리었다. — 마치 천상천하에 두려울 것이 없는 위대한 그 무엇이 지상의 일체의 제도와 또 이 무서운 추풍(秋風)과 그 가운데 영웅아인 우리를 한꺼번에 불어 날리고 말려는 것같이. 이 휘파람(嘯)소리가 나의 심장을 아프도록 고정 시키었건만 나는 먹기를 마지않았다. 거기 들어서는, 나의 왼편에 걸어가는 소녀도 나에게 지지 않았다.

“네 이름은 뭐냐?”

라고 나는 궐녀에게 물었다. 왜 물었는지 나도 알 수 없다.

“나타샤.”

라고 궐녀는 연달아 쩝쩝 입을 다시면서

간단하게 대답하였다.

나는 궐녀를 물끄러미 바라보았다. 나의 심장은 방애 질하였다. 그리고 또 나는 눈앞의 안개 속을 물끄러미 노려보았다. 그것은 마치 나의 운명의 지독한 얼굴이 나를 보고 수수께끼의 웃음을 빙글빙글 웃는 것 같았다.

비는 간단(間斷)없이 선복(船腹)을 뚜드렸다. 그 부드러운 또닥 소리가 사라지는 듯한 느낌을 자아내며. 그리고 바람이 기울어진 배 벌어진 틈으로부터 솨솨 불어 들 적마다 여기저기 흩어져 있는 나무 조각이 덩달아 달각달각 — 일종의 불안한 듣기 싫은 소리를 내었다. 파도는 강빈(江濱)에 부딪혀 흩어져 단조롭고 희망 없는 가락을 아뢰고 있다. 마치 거기 싫어서 싫어서 어찌할 수 없는 그 무엇, 기막히게 둔하고 무거운 그 무엇이 있음을 하소연하는 듯도 하고, 또 때때로 그것으로부터 벗어나려고 헛되이 애를 써보 다가 마침내 비명을 않을 수 없게 되는 듯도 하였다. 빗소리는 물결의 부딪히는 울림과 한데 어우러져 길게 빼는 한숨 — 광명이 번쩍이는 더운 여름에서 싸늘하고 안개 많고 습기 많은 가을로 옮겨가는 변천으로 말미암아 상 채기를 입고 기운을 잃어버린 세계의, 뼈골에서 우러나오는 한숨이 엎어진 배 위에 떠도는 것 같았다. 풍백(風伯)은 쉴 새 없이 거칠 대로 거친 강빈(江濱)과 거품 부글거리는 물결을 퉁탕거리어, 그 비장한 노래를 노래하고 있었다…….

배(舟)로 의지간(依支間)을 삼은 우리의 처지는 더할 수 없이 불유쾌한 것 이었다. 좁고 눅눅한데다가 갈라진 선복으로부터 차가운 빗발과 싸늘한 바람조차 들이친다. 덤덤히 앉아 있는 우리는 치위에 떨고 있었다. 나는 자려고 한 것이 생각이 난다. 나타샤는 등줄기를 배 한편에 걸치고, 몸을 고슴도치같이 옹송그렸다. 무릎을 두 손으로 움켜 안고 그 위에 턱을 고인 그는 크게 뜬 눈으로 강을 노려보고 있었다. 밑에 있는 푸른 사마귀로 말미암아 그 눈은 끔찍이 크게 보이었다. 궐녀는 꿈쩍도 않는다. 웬일인지 이 부동과 침묵이 나로 하여금 궐녀에게 대하여 무서운 생각을 들게 하였다. 나는 궐녀와 무슨 이야기든지 하여야 될 듯싶었으되 무어라고 말을 꺼내야 옳을지 몰랐었다. 말을 시작한 이는 궐녀 자신이었다.

"참 기막히는 세상이다!"

궐녀는 의심 없이 깊은 확신 있는 어조로 부르짖었다.

그러나 이것은 불평을 부르짖음이 아니었다. 그 말 가운데 불평 같은 것은 아랑곳도 않는 가락이 있었음이라. 단순히 제가 이해하는 대로 생각하고 생각한 끝에 어떤 결론을 얻었음이리라. 그것을 시방 궐녀가 소리를 높여 부르짖고 있음이리라. 그런데 나는 나에게 모순이 있을까 두려워하여 논박도 할 수 없으매, 나는 여전히 묵묵히 있을 뿐이었다. 궐녀도 또한 나 있는 것은 안중에도 두지 않는 것같이 몸을 꼼짝도 않고 화석같이 앉아 있었다.

"게걸거려서 소용이 무엇이야?……"

나타샤는 또 시작하였다. 이번에는 냉정하게 생각한 것 같되 그래도 그 말에는 불평스러운 울림이란 조금도 없었다. 이 인간은 세상이란 것을 생각하다가 제 처지를 돌아보고 제가 세상에게 놀림을 받는 분풀이를 하려면 저는 다만 '게걸거리는 수'— 궐녀 자신의 말을 빌리면 — 밖에 딴 도리가 없다는 확신을 얻은 것이 명백하였다.

이 사상의 선의 명확한 것이 나에게는 말할 수 없이 슬프고 아팠었다. 좀 더 잠자코 있기만 하면 참말 눈물이 날 듯싶었다……. 계집 앞에 더구나 그 계집 자신은 울지 않는데 내가 우는 것은 부끄러운 일이다. 나는 궐녀에게 말을 하기로 결심하였다.

"너를 못살게 굴은 사람이 누구냐?"

라고 물어보았다. 이 순간 나에게는 이것 이상으로 귀에 거슬리지 않고 델리케이트한 말이 생각나지 않았음이라.

"파슈카란 놈이야."라고 궐녀는 보통 어조로 대답하였다.

"그 사람은 어떤 사람이야?"

"내가 좋아하는 사람……. 과자 장사야."

"몇 번이나 두들겨 맞았니?"

"술만 쳐 먹으면 정해 놓고 남을 친다오……. 수도 없지!" 하고 궐녀는 나를 향하여 제 자신의 일, 파슈카의 일, 둘의 관계의 일을 이 야기하였다. 그 작자는 붉은 윗수염 있는 과자상으로 오현금(五弦琴)을 잘 탔었다. 한번 궐녀에게 놀러 온 궐자가 그만 궐녀의 마음에 들었었다. 그것은 궐자가 유쾌하기도 한 사나이일 뿐더러 훌륭한 좋은 옷을 입은 까닭이었다.

그것 때문에 궐녀는 궐자에게 홀리고, 궐자는 궐녀의 '정부'가 되었었다.

'정부'가 된 궐자는 다른 사나이가 궐녀에게 주는 돈푼을 궐녀로부터 알알이 알겨내기로 일을 삼았었다. 그 돈으로 술을 먹고 궐자는 함부로 궐녀를 때리었다. 그러나 그것도 궐자가 현재 궐녀의 목전에서 다른 계집과 '노닥거리'지만 않았던들 아무렇지 않은 일이었다.

"그것이 모욕이 아니고 무엇이람? 나도 남만 못하잖아. 그런 짓을 하는 것은 분명히 나를 깔보는 수작이지. 망할 놈 같으니. 그저께 내가 마님(女主人)께 어디 잠깐 다녀오마 하고 그 놈한테 가지를 않았니. 가니깐 데이미 카하고 술을 권커니 잣거니 먹고 있겠지. 나는 하도 분해서 '이 도적놈 아!'고, 소리를 질렀더니만 그 놈이 우루룩 달려들어 나를 죽어라고 때리겠지. 차고 쥐어박고 머리채를 휘잡아 끌겠지. 그나 그뿐인가. 내 몸에 지닌 것을 낱낱이 뒤죽박죽을 만들어서 — 그래 내가 요

꼴이야. 요 꼴을 하고 어찌 마님 앞에 나가느냐 말이야. 그 망할 놈이 모든 것을 못 쓰게 만들었어…… 옷이고 재킷이고…… 몇 번 입지도 않은 것이야. 남이 오류(五留)나 주고 산 것을 갖다가……. 그뿐만 아니지 머릿수건조차 찢어 버렸어…….

하느님! 맙소사."

궐녀는 문득 울 듯한 긴장한 소리를 떨었다.

싸늘한 바람은 고함을 지르고 지동(地動)치듯 휘불었다……. 또 나의 이는 위로 아래로 춤을 추기 시작하였다. 궐녀도 치움을 못 이기는 것 같았다.

더욱 더욱 몸을 옹송그리며 나에게 달라붙었었다. 어두운 밤빛을 통하여 궐녀의 안광이 나에게 보일 만치.

"너희들 사내놈들이란 모두 개 같은 놈들이야! 한 가마에 집어넣고 푹푹 삶고 싶다. 갈기갈기 쥐어 찢고 싶다. 너희들 가운데 죽어가는 놈을 보면 침 뱉고 돌아서지. 손톱만치라도 가엾다 생각하는가 보아. 육시를 할 깍 쟁이 놈들! 입으로 살살 발라 맞추고 개같이 꼬리를 살랑살랑 흔들지. 이쪽도 숙맥이라 너희들에게 몸을 맡기지. 그러면 이쪽은 고만 망하는 날이다 — 너희들은 고만 지근지근 이쪽을 밟으려 들지……. 에이 한심한 놈들!"

궐녀는 우리 사나이를 여지없이 타매(唾罵)하였다. 그러나 내가 듣기에는 그 저주 가운데 아모 폭력도 없고 아모 악의도 없었다. 그 소위'한심한 놈'에 대한 증오도 없었다. 그 어조는 조금도 그 어의와 일치되는 점이 없이 매우 온화도 하거니와 대체 그 성음의 전체가 몹시 약하였다.

그렇기는 하되 그 말은 나에게 어릴 적부터 오늘날까지 읽고 들은, 도도한 웅변으로 견고한 신념을 늘어놓은 염세적 서적과 연설보담 가일층 강렬한 감명을 주었다. 이것은 극히 미세하고 극히 정치한 죽음의 묘사보담도 죽어 가는 사람의 고민의 소리가 더 자연스럽기도 더 격렬도 한 것과 같은 이치이리라.

나는 참으로 한심(寒心)하다 싶었다. — 곁에 있는 사람의 애소(哀訴)도 애소(哀訴)려니와 제일 치워서 견딜 수가 없다. 나는 가늘게 신음을 하며 치를 떨었다.

그 순간 나의 몸에 두 팔이 감겨 있는 것을 느끼었다. — 하나는 목에 하나는 얼굴 위에. 그러자마자 걱정스럽게 다정하고 친절한 소리가 나에게 이렇게 물었다.

"어디가 아퍼?"

나는 이 소리는 누구인지 딴 사람의 소리이고 그것이 금방 모든 사나이를 악한이라 선언하고 그 파멸을 축수한 나타샤라고는 암만해도 믿을 수 없었다. 그러나 그것이 궐녀임이 어찌하랴. 궐녀는 다시 무슨 급한 일이나 생긴 듯이 말을 재게 하였다.

"어디가 아퍼! 치우냐? 사지가 얼어붙었니? 에그 야릇한 사람도 다 보겠네. 무슨 짝에 조그마한 올빼미(梟)모양으로 잠자코 있었담! 치우면 치웁다고 하지를 않고. 자아……땅바닥이라도 허리를 뻗고 눕구려……. 나도 누울 테야……자아 나를 꼭 껴안아요……. 단단히 틀어 안아요. 그러면 얼마 안 되어 몸이 녹을 테니 몸이 녹거든 우리 등을 맞대고 자요

.……곧 밤이 샐 거야. 곧 새고말고……너도 술을 먹었지?……있던 데에서 쫓기어 났지?…… 그까짓 것 아무렇거나 상관은 없지만."

이렇게 궐녀는 나를 위로해 주었다. 나를 고무해 주었다.

나는 세 번 저주를 받아도 좋다! 이 단순한 사실 가운데 나에게는 이 어떤 아이러니(反語)의 세계가 숨어 있음이랴! 상상해 보라! 그 당시 나는 인간 운명의 귀추에 깊이 잠심하여 사회 조직의 개조를 생각하며 정치상의 혁명을 생각하며 아마 저자(著者)자신도 이루 측량해 알 수 없을 듯한, 못같이 깊고 악마같이 슬기로운 기다(幾多)의 명서(名書)를 독파하고 — 한 걸음 더 나아가 '유력한 사회의 힘'이 되려고 전력을 경주하고 있던 터이다. 그것은 고만 두고라도 나는 나로서 존재할 특권을 가졌다. 자기의 생활상 상당한 필연적 세력을 가졌다. 따라서 인류사회의 한 줌 위대한 역사적 지보(地步)를 점령하기에 넉넉한 권능을 가졌다. — 적어도 이만한 포부는 있었었다. 그러하거늘 시방 돈에 정조를 파는 여자가 제 살의 온미(溫味)로써 나를 데우고 있다. 인세(人世)에 아무런 지위도 없고 아무런 가치도 없는, 불쌍하고도 더러운 여자, 저편에서 나를 돕기까지에는 내편에서는 꿈에도 도우려고 않던 여자, 설령 도우려 하였을지라도, 나는 실상 어떻게 구할 것 을 몰랐을 여자, 그 여자가 제 몸으로 나를 데우고 있다!

아아! 나는 이 모든 것이 꿈 가운데 — 불쾌하고 가위눌리는 꿈 가운데 일어난 일로 생각하고 싶었다.

그러나! 그러나! 나는 그렇게 생각하랴 생

각할 수 없었다. 왜? 차가운 빗발이 나의 몸에 떨어짐을 어찌하리. 궐녀의 몸이 착 나에게 달라붙어 있음 을 어찌하리. 그 따뜻한 입김이 나의 얼굴에 서림을 어찌하리. 그리고 그것 이 — 조금 술내는 났지만 — 나의 마음을 어루만짐에 어찌하리. 바람은 호통 치며 비는 나리 질리며 파도는 미쳐 날뛰며 우리 둘은 서로 한데 동여맨 듯이 붙어 안고 있건만, 그래도 치워서 덜덜 떨고 있었다. 이 모든 것은 너 무나 현실이었다. 누구를 물론하고, 이 현실같이, 이같이 압박적이고 무서운 꿈을 꾸지 못하였을 것을 나는 보증하여 주저치 않는다.

그런데 나타샤는 연해연방 이러니저러니 이야기를 하고 있었다. 여자가 아니고는 흉내도 못 낼, 친절하고 부드러운 말씨였다. 그 울림과 힘에 감동 되어 내 가슴에 한 점 불이 반짝하고 타오르기 시작하였다. 그것으로 하여 내 심장 가운데 무엇이 녹아 나리는 듯하였다.

그러자 내 눈으로부터 눈물이 우박같이 쏟아졌었다. 그것이 나의 심장으로 부터, 그 날 밤까지 거기 붙어 있던 많은 나쁜 것, 많은 어리석은 것, 많은 슬픈 것, 많은 더러운 것을 씻어버리는 것 같았다. 나타샤는 나를 위로하기를 마지않았다.

"인제 고만두어. 응. 걱정할 것은 없어. 고만두래도 그래. 사람이란 한 때가 다 있단다…… 될 날이 있을 거야…… 그럴 텐데. 실심(失心)할 것이 무엇이야?……." 하고 궐녀는 연달아 잇달아 나를 키스하였다…… 궐녀는 헤일 수 없는 뜨거운 키스를 나에게 주었다…… 아무것도 바라지 않고 아무것도 구하지 않고…….

그것이 내가 여자로부터 얻은 최초의 키스이었고 또 가장 아름다운 키스이었다. 왜 그러냐 하면 그 후의 키스는 모두 나로부터 혼나게 비싼 값을 빼앗았을 뿐이고 그 값으로 내가 얻은 것은 하나도 없는 까닭이다.

"인제 고만 걱정을 말아요. 왜 사람이 이래! 있을 데가 없거든, 내 내일 하나 주선해 줄게."

궐녀의 보드라운, 달래는 듯한 속살거림이 나의 귀에는 꿈속을 거쳐 오는 듯이 울리었다.

우리는 거기서 하룻밤을 밝히었다.

밤이 새자 배 안으로부터 기어 나온 우리는 시가지로 들어왔었다…… 거기서 우리는 서로 애틋한 작별을 하였었다. 그 후 반년 동안이나 나는 시방 이야기한 가을의 하룻밤을 같이 지낸 그 친절한 나타샤를 찾아 방방곡곡으로 헤맸건만 드디어 다시 만나지 못하였다.

만일 궐녀가 벌써 죽었거든 — 그랬으면 궐녀에겐 좋을 것이다 — 평화롭게 쉬어 주소서! 만일 살아있다고 할지라도…… 나는 또한 '그의 마음에 평화나 주시소서!'라고 빌련다. 그리고 궐녀의 영락(零落)의 의식이, 원컨대 그 마음에 침입치 말아 주소서…… 왜? 만일 인생이 살아야 될 것일진댄, 그런 것은 군것이고, 아모 쓸데없는 고통이기 때문에!…….

나들이

루시앙 데카브

속아서 금일 어머니가 될 몸으로—그것은 고향 무도장(舞蹈場)에서 얻은 치명적 결과이었다. —프로란치누는 다른 많은 여자와 같이 타락의 산 증거를 감추려고 파리에 올라와서 어느 산과병원(産科病院)에 들어갔었다. 그리고 여기를 나올 때는 어떤 단단한 결심을 품고 있었다.

어린애를 뒤엎고 제 동네에 돌아가기는 엄두도 낼 수 없는 일이었다. 어디 유모 노릇이나 하였으면 그럭저럭 지내갈 수입이야 생기련마는 그런 자리도 찾을 길이 없었다. 그는 제 아이를 기르랴 기를 수 없어 잠깐 육아원에 맡기는 수밖에 다른 도리가 없었다. 그리고 조략(粗略)한 위임장에 서명을 마치자 빈손으로 길거리에 서 있는 제 자신을 발견하였다. 눈물을 켜켜이 눌어붙은 얼굴로, 그는 자기가 곱삶고 또 곱삶은 물음에 대한 서기의 최후의 대답을 또 한 번 생각해 보았다.

"그러면 이 애를 찾을 만한 형편이 될 때는 꼭 도루 내 주십시오."

"그야 물론이지."

"그 동안에 이 애의 안부를 물어 볼 수 없을까요?"

"석 달에 한 번씩 '아에니유 빅토리아'에 가게. 가서 이것을 보이면 묻고 싶은 말은 무엇이든지 물을 수 있으니."

이런 말을 하고 서기는 혼승 자동차(混乘自

動車) 차표 같은 종잇조각을 그의 손 위에 놓았다.

그 통보부(通報部)에 최초의 방문을 그는 언제든지 잊을 수 없었다.

그의 앞에 여자 셋이 서 있었다. 좁은 복도가 막다른 곳에 살창 같은 것이 있었다. 거기 서기 하나가 있어 표를 받아 가지고 장부의 페이지를 뒤적거리더니 '살아 있다'는 오직 말 한마디로 여편네들을 차례차례로 돌려보내었다. 그러므로 오래 기다릴 필요는 없었다.

프로란치누 앞에 벌써 단 한 사람밖에 남지 않았다. 젊은 계집애로 모자도 쓰지 않았으며 옷이라야 누덕누덕 기운 남루가 다 된 것이었다. 계집애는 조심조심 표를 보이고 장부 날리는 서기의 손을 염려스럽게 바라보고 있었다.

마침내 서기는 고개를 들었다. 그리고 일렀다—.

"죽었다."

계집애의 눈은 호동그래지고 말았다. 입을 딱 벌린 채 망연자실하였다. 그래도 마치 모르겠다는 듯이 한동안 머뭇머뭇하고 있다.—무슨 착오나 아닌 가고 의심하였든가, 자세한 일이 묻고 싶었든가. 애의 죽은 병명은? 애의 묻힌 장소는?…….

그 다음이 프로란치누의 차례이었다. 서기는 자동기계 모양으로,

"살아 있다." 하였다.

프로란치누는 차근차근히 물었다.

"병이나 들지 않았어요?" 대답이 없었다.

"제발 덕분에 듣게 해 주십시오, 어디로 편지를 하면 안부를 알 수가 있습니까?"

서기는 또 뒤를 대여 들어서는 여자들을 보고 제 앞의 여자를 어서 돌려보내려 하였다.

"그런 잔소리는 묻지 못하는 법이다. 네 자식이 살았단 밖에. 또 말이 무슨 말이냐."

그는 꼭 석 달 만에 한 번씩 그 살창 가까이 들어서자 언제든지 심장이 극렬하게 고동하였다. 증서를 보이었다. 그리고 아모 감각 없는 서기의 얼굴 을 더듬어서 안타깝고 염려스럽고 기가 막히는 말씨를 찾아내려 하였다.

"살아 있다."

그는 인제 그 위에 아모 것도 더 물으려 들지 않았다. 그리고 무어라 말할 수 없는 감사에 채운 가슴으로 그곳을 나왔다. 그것이 그의 주인으로 부터 얻는 유일의 외출의 고뇌이고 또 환희이었다. 찾아갈 일가도 없고 친구도 없는데다가 돈은 한 푼이라도 쓰려 들지 않는 터이니 도무지 바깥에 나갈 필요가 없었다. 그는 아무리 하여도 없어서는 못 견딜 것 밖에 모든 출비(出費)를 알뜰히 살뜰히 피하였다. 그리하여 언제든지 어머니 된 의무가 다 하게 되도록 조그마한 저축을 하였다. 허나 이태를 지내도 겨우 육십 프랑밖에 되지 않았다. 그의 몸은 튼튼치 않았다. 그는 두 번이나 병원에 아니 들어갈 수 없었고, 또 퇴원한 때는 하릴없는 뱅충이가 되어 아모 일도 해낼 것 같지 않았다. 그러므로 직업소개소에서도 노예나 진배없이 함부로 부려 먹는 흉악한 곳 밖에 주선할 수가 없었다.

그러나 마침내 이 고로(苦勞)에도 끝장 날 날이 왔다. 숨 돌릴 장소도 있고 쉴 시간도 있는 드난살이 자리를 발견하였다. 거기서 그는 지친 기력을 회복할 수 있었다. 그의 주인은 온화하고 동정심 많은 식구 단출한 노부부이었는데 고된 일은 아주 적고 급료는 꽤 푸진 곳이었다. 그야말로 휴식의 항구이었다. 그래 프로란치누는 드디어 제 딸을 도로 찾아올만 한 금액을 모을 수 있었다.

이윽고 방문할 날이 왔다. 그가 늘 말하는 '그 애 보러'갈 날이 왔다.

주인마님은 선선히 나들이의 요구를 허락하였다. 그만큼 프로란치누는 즐거이 저녁밥 짓기 되어서 꼭 돌아오겠다고 약속하였다. 그는 그 약속을 어김없이 지키었다. 다섯 시에는 벌써 부엌의 솥 위에 몸을 구부리고 있었다.

그러나 식탁에서 부인이 웬 셈인지 알 수 없다는 듯이 얼굴을 찡그리고 있었다.

"프로란치누가 오늘은 어째 허둥허둥하는

모양입니다그려. 그렇지 않습니까? 인제도 부엌에 들어가 보니까 에이프런으로 얼굴을 가리고 있겠지요.

“아마도 나들이를 가서 무슨 언짢은 일을 당했는가 보아요…….”

“필연 제 좋아하는 토공병(土工兵)이 정을 옮긴 게지. 그 애보담 한결 아름다운 계집한테.”

노신사는 이런 말을 하였다. 이 노인의 해학은 그 근원을 제이(第二) 암페어 시대에 발한 것이었다.

“그렇지 않으면, 제 좋아하는 소방부(消防夫)가 약속대로 오지 않았던 게지요.”

부인은 이렇게 정정하였다. 부인의 말이 훨씬 현대식이었다.

부부는 가만히 드난살이의 거동을 살피었

다. 그러다가 그 얼굴의 표정이 전 보담 아주 다른 것을 깨단하자 실살로 놀래었다. 요리는 매우 나빴었다.

"국이 어처구니없이 짜군. ―필연 국솥 위에서 운 게야."

신사는 농담같이 이런 말을 하였다.

부인도 찬성하였다. 그리고 희롱 삼아 하는 말이,

"그 말씀을 하니 말이지, 오늘 저녁 요리는 모두 그 모양이었어요. 이것이나, 저것이나 모두 눈물 맛이 있었어요."

석죽화
(石竹花)

쿠르트 뮌처

1

내가 요 사년 동안에 흰 석죽화(石竹花)가 네 번이나 큰 임무를 맡아 있는 것을 구경하였다. 그러나 내가 네 번이나 본 그 사실이 다 같은 사람인지 아닌지는 모르겠으나 전후를 종합해 보면 사실로도 그런 비극이 있을 듯도 하나 만일 그렇지 아니하면 내가 공상에 놀림거리가 될 것이다. 지금 내가 어떠한 경우에서 네 번이나 석죽화를 본 것을 간단히 이야기하고자 한다.

2

맨 처음에 내가 기차를 타려고 베를린(伯林) 어느 정거장 플랫폼에 섰을 적이었다. 그때는 이번 전쟁이 시작된 지 이삼 주일밖에 아니 되었다. 모든 군인을 가득히 실은 기차가 기적 소리를 내고 동(動)하기를 시작하였다.

아직도 늙은 부모 어린 아이 사랑하는 아내를 이별하고 만리 전역(戰域)에 나가는 사람을 보내는 여자들이 남아 있다. 낙담하고 있는 이, 단념하고 있는 이, 멀거니 바라만 보고 있는 이, 훌쩍훌쩍 울고 있는 이, 다 같은 설움으로 그 형상은 형형색색이다. 그러나 이런 사람의 슬픔에 아모 관계도 없는 사람까지라도 심장이 찢어질 듯하다. 왜? 각 개인이라도 혹은 고독한 자라도 인류라는 크고 큰 묶음에 묶여 있는 것과 또는 인류의 슬픔은 자기의 슬픔과 같이 혹독한 것이 명확히 노출되는 까닭이다.

그 중에도 더욱 내 눈에 뜨인 것은 점점 희미해 보이는 기차를 바라보고 흰 석죽화 꽃뭉치를 들고 흔들고 있는 소녀이다. 그 꽃은 곱고도 탐스럽고도 눈빛같이 희다. 스위스(瑞西) 엔가딘의 옛집 아름다운 창 앞에서 많이 피어 있는 것을 본 생각이 난다.

그 소녀가 왼손에다 약혼한 반지를 끼고 있는 것을 보았으니 아마 그 소녀는 약혼한 남자를 전장에 보내는 것 같다. 그는 울지도 아니하고 다만 보이지도 아니 하는 기차 간 자리만 멀거니 바라보고 있다. 그는 장부의 간장을 녹일만한 고운 자태를 가져 있다—나는 그 용태를 유한(幽閑)한 미색이라고 하고 싶다. 금발은 비단같이 해쓱한 얼굴에 조그마한 타원형으로 가볍게 싸고 있다. 아직도 신산(辛酸)한 세고(世苦)에 물들지 아니한 순결한 점이 있다. 이번 전쟁이 그이에게 얼마나 두려웠으며 또 얼마나 무서웠으리요!

3

나는 그만 그 소녀를 잊어버렸더니 그 후 1년 만에 꼭 같은 석죽화가 또 다시 그를 생각나게 만들었다.

내가 어떤 때 정거장에서 기차를 타게 되었다. 내가 타고 있는 차실에 사관 하나가 타고 있다. 그이도 차 탄 지가 그처럼 오래는 되지 아니한 것 같다. 아직도 치우지 못한 짐이 여기저기 흩어져 있었다. 발뺌을 하는 것같이 나를 보고 빙긋 웃고 짐을 가리키며,

이것이 위문원(慰問員)이야요. 내가 또 전쟁에 나가오 한다. 그의 우수(右手)에 결혼반지가 번쩍거린다. 아마 오랫동안 사랑하고 잊지 못하던 사람과 결혼하려고 휴가를 얻어 돌아왔다가 또다시 전쟁에 나가는 것 같다. 푸른 종이로 싼 소포 한 개를 꺼낸다. 그 위에 한 뭉치 아름다운 흰 석죽화가 붙어 있다.

그것을 보니 생각이 난다…….

나는 이렇게 생각하였다. 아마 저 사관이 그 소녀와 이번에 결혼한 것 같다. 저 석죽화가 필연코 두 사람 사이에 무슨 의미가 있는 것 같다. 혹은 저 양인(兩人)이 맨 처음에 엔가딘이라고 하는 곳에서 이 꽃이 값 많은 담요와 같이 만발한 창 밑에서 만난 것이나 아닌가?……

나는 가슴을 울렁거리며 보고 있는데 그

사관은 석죽화에다 키스(接吻)를 하고 손수건에다 곱게 싼 뒤에 그 보(褓)를 그르니 그 속에 책 한 권과 편지 한 장이 들어 있다. 그 사관은 나를 꺼리는 듯이 치어다보며 편지를 가슴속에 감추었다. 나는 알았다! 저 사관이 저 혼자 있을 적에 그 편지를 혼자 읽으려고 한 것이다. 사랑하는 아내가 최후로 적어 준 단말(甘言)인 듯하다…….

얼마 아니 되어 나는 하차하였다. 그 이튿날 벌써 잊어버렸다.

4

또 1년의 광음은 날아갔다. 내가 붉은 해와 흰 눈이 아름다운 아리사 낙원을 소요하게 되었다. 수용된 독일 군인과 독일서 보낸 환자와 병신들이 이 곳에 모이어 일종 처량한 광경을 나타내었다. 하룻날 밖에 내가 그 근처로 산보할 적에 매화점(賣花店)에서 흰 엔가딘 석죽화를 한 병 꽂아 둔 것을 보았다. 별안간 내 머리 속에서는 두 번이나 이 꽃을 슬프기도 하고 아름답기도 한 정경에서 본 것이 생각난다. 그래서 곧 들어가서 그 꽃을 사려고 하였다. 그것은 내가 알지도 못하는 사관과 소녀에게 대한 존경에서 나온 마음이다. 그러나 누가 두 사람 사이에 관계가 깊다고 말을 하였나? 다만 나의 공상이 무엇을 자아내는 듯! 나는 나의 다감질(多感質)을 스스로 웃고 산보를 계속하였다. 그러나 내가 호텔 방에 들어오니 그 꽃이 생각이 난다. 만일 그 꽃이 이 방에 있으면 지금까지 없던 따뜻한 정취와 상쾌한 기운을 돋울 것 같았다. 그리하여 점심을 마치자 곧 그 꽃을 사려고 나왔다. 그 꽃은 벌써 다 팔리고 없었다……. 한 젊은 독일 부인이 다 사갔다 한다.

그 후에 내가 호텔 정원 양지 짝에 앉아 있으려니까 바로 내 옆 벽 안방에서 가만가만 이야기하는 소리가 들린다. 바람 한 점 없는 날이라 일일이 하는 말이 들린다. 부드럽고 약한 남자의 소리가 난다.

"기쁘지? 마누라.

심사가 산란한 까닭인가 가는(細) 여자의 목소리는 떨리고 기운 하나 없어 잘 들리지 아니한다.

"내가 당신 곁에 있은 뒤로 겨우 본심이 돌아왔어요. 지금까지는 정말 어쩔 줄 몰랐지요. 인제 우리에게는 아마 전쟁이 다 끝났지요?

"우리에게는? 그렇지. 그러나 그만치 안 된

일이 또 있지! 이 큰 불행 중에 행복스럽다 하는 것이…….

"걱정 마세요! 그만큼 하셨으면 장하지 않습니까? 비싼 값으로 우리 둘이 또 만나게 된 것이 아닙니까?

나는 이렇듯 사랑의 속살거림을 듣기 싫었다. 급히 지나가면서 얼른 보니 한 젊은 부인이 담요 덮은 교자에 누워 있는 남자의 머리를 제 가슴에다 누르고 있다. 그들의 얼굴은 조금도 볼 수가 없었다. 부인은 몸을 굽혀 남자의 머리에 키스를 하고 있다. 남자의 무릎 위에 한 뭉치 흰 석죽화가 놓인 것을 보았다…….

나와서 들으니 그이들은 독일인의 부처(夫妻)인데 그 부인은 남편 되는 수용사관(收容士官)을 간호하려고 오늘 아침에 도착하였다 한다. 그 사관은 폐에 중상을 입었다고 한다.

나는 그 날 밤에 취리히로 오라는 급한 전보를 받아서 곧 아니 떠날 수 없었다. 그 후에 이 두 사람을 또다시 만나지 못하였다. 젊은 부인이 그 때 정든 사람에게 흰 석죽화를 흔들며 못내 이별을 아껴(惜[석])하던 소녀인가? 그 환자가 석죽화를 가슴에 감추었던 사관인가? 다만 그 부인이 흰 엔가딘 석죽화를 그 남편의 무릎 위에 놓은 것은 확실하다. 나는 나의 근친이나 되는 것처럼 몹시 애석한 마음이 든다—그리고 호텔 주인이 저 독일 사관은 나을 가망이 없다고 하는 말을 생각하였다.

5

나는 취리히에 유련(留連)하게 되었다. 가을

이 돌아왔다. 구름 한 점 없는 갠 하늘이 가을 기운을 띤 시월이 돌아왔다. 하로 저녁에는 호수에 일엽편주를 띄우고 오락가락 소창(消暢)하였다. 창파에 잠겼다 떴다 하는 꽃을 보았다. 한 뭉치 큰 꽃을! 둥실둥실 떠다니는 것을! 그 꽃은 끔찍이 아름다 운 엔가딘 석죽화이었다…….

최후의 인사와 같이 석양에 비치는 푸른 물결 위에 가무러져 간다. 고별하는 것 같이 묵묵히 나는 가오 하는 것 같이—처량한 생각이 가슴을 찌른다.

그 젊은 부인이 빠져 죽은 것 같다. 혹시 그 사관이 마침내 살지를 못하고 죽어 버리니 그 부인도 더 살기를 원하지 아니한 것이 아닌가? 그렇다 하면 거기 사랑이 있다! 애인을 잃고는 혼자 살지 못할 사랑이 있다! 슬프고도 아름다운 일이다! 쓰고(辛)도 단 일이다!

나의 이 모든 일이 연상에서 나온 상상이 과연 바로 맞혔는지?

수일 후에 신문을 보니 호숫가에 이름도 모르는 젊은 부인의 시체가 밀렸는데 두어 송이 눈빛 같은 석죽화를 한 손에 불끈 쥐고 있었다 한다.

그 후부터 내가 이 꽃을 볼 때마다 어떤 운명이 —그것은 나의 상상이 지어낸 것인지는 모르나 —생각 아니 날 적이 없었다.

영춘류
(迎春柳)

치리코프

아아 어떻게 향기롭게도 봄 아침 일찍이 개나리(迎春柳, 영춘류)가 웃겠지요! 해는 아직 맑고 서늘한 밤기운을 사루지도 않았고 밤의 꽃과 풀에서 이슬을 녹이지도 않았을 적에!

젊은 시절 어느 식전꼭두이었습니다. 나는 어여쁘고 다정한 소녀와 함께 교외를 산보하다가 돌아오는 길이었습니다. 쾌활한 새들 모양으로 우리들은 조그마한 배(舟)에서 뛰어 오르자 둘씩 나누어 제 각기 고운 이를 데려다 주려고 길 어귀에서 서로 헤어졌습니다.

해가 막 오른 때이라 그 황금 같은 빛줄(光線)은 교당(敎堂)의 둥근 지붕 과 십자가와 높은 집들의 창 위에 번쩍번쩍 빛나고 있었습니다. 길거리는 오히려 적적(寂寂)히 서늘하여 집집의 창들은 말끔 창 휘장에 잠겨 있었습니다……. 그 창 아래 있는 이들은 모두 오히려 깊은 잠에 잦아지고 있었습니다…….

그윽하게 못(釘, 정) 박은 한 높은 담 안에서 이슬 젖은 엺은 자줏빛 한 송이와 흰 그것이 오지조지 발린 개나리 몇 가지가 무겁다 하는 듯이 축 늘어져 있었습니다.

아아 이상하게도 봄 아침 일찍이 개나리가 웃고 있겠지요! 당신이 갓 스물이 채 될락 말락 하고 어여쁘고 다정한 소녀와 나란히 걸어가면서 눈과 눈이 마주치는 족족 웃음과 웃음이 마주치는 족족 기쁘게 몸을 떨 그때에……

"나에게 저 개나리 꽃 한 가지 꺾어 주어요……."

우리는 걸음을 멈추었습니다. 담은 미끈하게 높고 게다가 그 위의 가에는 삐죽삐죽 못조차 박혔습니다. 꽃 많이 핀 개나리 가지를 지팡이로 걸어 꺾으려든 것은 헛애에 돌아가고 말았습니다. 개나리는 우리들에게 향기로운 이슬을 빗발 모양으로 쏟아 내리었습니다…….

"한 가지라도 좋아요……."

"흰 것 말이야……."

"응 ……으응으, 보랏빛이 좋아……."

나는 다정하고 어여쁜 소녀를 위하여 개나리를 훔치려 내 몸을 희생하여 담 위에 기어올랐습니다. 나의 팔은 녹슨 못에 긁히었습니다. 마는 나는 그런 줄도 몰랐으나 조금도 쓰라리지 않았던 까닭입니다. 나의 머리는 향기가 너무 강한 때문에 저절로 돌려 옆을 향하게 되었습니다. 소녀는 기쁜 듯이 해죽 웃고 있었습니다. 나는 소녀에게 아침 이슬을 향기로운 비처럼 내려뿌렸습니다.……나는 그를 위하여 꽃이 핀 개나리란 개나리는 모다 흰 것이든지 보라(紫)의 것이든지 꺾으려고 하였습니다.

"고만 꺾어요……."

나는 용사 모양으로 담 위에서 펄쩍 뛰어내리었습니다. 즐겁고 유쾌한 사랑을 머금은 눈은 말없는 감사로써 나를 향하여 번쩍이고 있었습니다.

"이것은 당신께……저어……기념이야……."

그는 고만 입을 다물었습니다. 그 살짝 붉어진 얼굴을 개나리 속에 숨기었습니다.

"기념? 무슨?……."

"오늘 아침 산보의 한 기념이에요……개나리의……그리고 또 그것이 어떻게 식전꼭두부터 이상하게도 웃었다는……."

하고 소녀는 나의 얼굴에 그 젖은 개나리꽃 뭉치를 덧그었습니다.

"여보, 손을 어쨌어요? 피가 나니……."

그제야 처음으로 나는 내 팔목에 피가 감춰진 상처가 있음을 보아 알았습니다.

"아파?"

"아니야……이 역시 기념이야……."

소녀는 나에게 조그마한 명주 수건을 내어주었습니다. 나는 그것으로 손목을 동여매었습니다. 그리고는 사랑하는 여자의 명예를 위한 싸움에 부상 한 용사처럼 발길을 옮겼습니다. 우리가 걸음을 멈추고 작별할 때 소녀는 그 수건을 도로 찾았습니다.

"나를 주어요……."

"아니, 이것은 내가 가질 테야……기념으로……."

나는 주었습니다. 양보하였지요! 그 수건은 벌써 나의 피로 새빨갛게 물이 들지 않았겠습니까!……

아아 그러나 인생이란 너절한 산문은……그것은 언제든지 우리의 생활을 간섭하여 우리가 저 까만 벽락(碧落)의 푸르고 높은 곳에 날아오르려고 몸차림을 하자마자 꼭 그 순간에 우리의 나래를 꺾고 마는 것입니다.

나는 눈에 마음의 누그러짐과 행복의 빛을 띠우면서 부들부들 떠는 가느다란 소녀의 손을 쥐고 갔었습니다. 그리고 다만 몇 초라도 떠남을 끄을고 싶어서 놓지 않았습니다. 나는 뺨에 홍조(紅潮)가 밀린 반(半)만개 개나리의 뭉치에 가리어 소녀의 얼굴을 물끄러미 바라보고 섰습니다. 그리고 어째 취한 듯 싶었습니다. 그것은 개나리의 향기 때문인지 또는 소녀의 밝은 뺨과 두런두런한 눈찌 때문인지 그 어느 것인지 알 수 없었습니다. 너무 많이 잔 잠에 달린 듯한 문지기가 비(箒)를 들고 나왔습니다. 그리고 머리 뒤를 긁적긁적하면서 이런 말을 하였습니다.

"어이구 도련님, 바지가 찢어졌군…… 꿰매야 되겠는 걸…… 그것은 안 된 일이……."

나는 뒤를 돌아다보았습니다. 소녀는 쥐어 있던 손을 빼쳐 소리높이 웃으면서 동산 저편으로 달아나고 말았습니다.

그는 달아나고 말았다. 웬일일까?

"여보 아범, 지금 무어라고 하였는가? 미치

지나 않았는가?"

문지기는 자세자세 그 이유를 설명해 주었습니다.

"못에 긁혔나 봐!……안된 일이어……."

나는 내 옷을 보았습니다. 그리고 수치와 능욕 때문에 얼굴에서 불이 펄쩍 나는 듯 하였습니다. 참말 나의 흰 개나리꽃에 누가 춤이나 밭은 듯 하였습니다. 나는 가만가만히 집으로 돌아왔습니다. 아침 기도종이 울었습니다. 오히려 드물기는 하지만 길마차가 포석(鋪石) 깔린 길을 달리고 있었습니다.

문이 열렸습니다…… 진세(塵世)의 생활이 시작되었습니다.

지금껏 그 이른 봄 아침이 잊히지 않습니다…… 못 박이 한 담과 척 드리운 개나리의 무성한 가지와 향기로운 이슬의 폭포와 보라

빛과 햇빛이 개나리 꽃 안에서 내다보고 있던 소녀의 어여쁜 얼굴이 잊히지 않습니다…….

그리고 또 지금도 오히려 나의 귀에는 환상과 봄 아침의 향기를 쫓은 그 사나운 문지기의 소리가 들립니다.

아아, 어떻게 이상하게도 아침 일찍이 개나리가 웃었겠지요. 해는 아직 개나리로부터 이슬을 흡수치 않았을 때에 그리도 당신의 나이 스물밖에 더 안 되고 당신과 나란히 다정하고 어여쁜 소녀가 서있던 그때에…….

행복

아르치바셰프

매음부 사슈가의 코가 떨어진 뒤는 그 어여쁘고 고운 얼굴이 썩어 가는 조 개 껍질같이 되었다. 사슈가의 생명은 사슈가가 스스로 생명이라고 자랑하는 모든 것을 잃어버렸다 .

그에게 남은 것은 다만 추하고 더러운 그것뿐이요 또 한 가지는 밝은 낮빛 이 끝없는 검은 밤이 되고 그믐밤은 도리어 한없는 백주(白晝)가 될 따름이다.

기한(飢寒)은 그의 약한 몸을 졸라맨다. 몸이라고 하는 것은 반쯤 죽어가는 개나 괘이(猫) 모양으로 겨우 밭(田)이랑 같은 좌우의 가슴과 공동묘지 같이 울퉁불퉁한 뼈마디만 겨우 붙어 있을 뿐이다. 그는 큰길로부터 쓸쓸한 골목길로 옮기지 않을 수 없게 되었다. 그리고 제일 더럽고 제일 고약한 남자에게 몸을 허락하게 된 불쌍한 신세이다.

어느 날 몹시 추운 달밤에 그는 올 가을에 처음으로 닦은 신작로에 왔다.

그 길은 철로 길 근처 시가지 맨 끝 아직도 집이라고는 하나도 없고 다만 구멍만 숭숭 뚫린 황무지만 있는 저쪽으로 갔다. 여기서는 아모 소리도 없고 길가에 켠 등불의 행렬이 다만 희미하게 비치어 푸른 달빛과 같이 은근히 섞여 비칠 뿐이다. 밝고 찬 달빛은 죽은 듯이 건축장 위를 고요히 흘러 있다.

구덩이로부터 기어 나오는 검은 그림자는 귀신이 땅 위에 웅크리고 앉은 것 같고 철사

(鐵絲)로 이어 놓은 전신 기둥은 흰 서리를 맞아 달빛에 번쩍 인다. 공기(空氣)는 건조(乾燥)하나 심한 서리의 찬 기운은 사람의 뼛속을 쑥쑥 쑤신다. 이 추위에 싸여 온 세계가 얼어버리지나 아니할까, 온 몸이 발갛게 단 쇠로 지지는 것이 아닌가 의심하게 되었다. 이러므로 사람의 몸은 부셔져서 피부의 여기저기에 살점이 떨어지는 것 같고 입으로 토하는 숨은 구름같이 나와 푸른빛을 띠고 올라 가다가 곧 얼어 보이지 않는다.

사슈가는 이 닷새 동안에 한 푼 돈도 벌어 본 일이 없었다. 그 닷새 전에 머물러 있던 주소에서 쫓겨나올 때에 다만 코르셋 하나 남은 것조차 그 때 뺏겼었다.

그 작고도 웅크린 좌우 가슴은 한데 붙이고 구부린 작은 몸은 달빛에 비치는 쓸쓸한 돌 깐 길 위에 구물거리고 갔는 것 같다.

자기는 온 세계에 다만 이 한 몸이 다시는 이 황량한 영지를 벗어나지 못 할 줄 생각하였다.

한 걸음 두 걸음 발자취 떼는 대로 얼어가는 발은 초초분분이 시간 가는 대로 몹시 아픔이 모여든다. 그 쓰라리고 아픈 것이 피 흐르는 맨발로 자갈밭을 걸어가는 것 같다.

이 음산한 황무지 한복판에 와서 사슈가는 처음으로 자기의 의미 없는 존재의 무서운 것을 곰곰 생각하고 울기 시작하였다. 얼어서 움직이지도 잘못 하는 부은 눈에 눈물이 그렁그렁 넘쳐 코 대신 움쑥 들어간 헌데 자취의 어두운 구멍 속에 흘러 들어가 얼었다. 어느 뉘 하나 그 눈물 본 이는 없다. 달은 전과 같이 비치고 전과 같이 맑고 맑은 푸른 빛 섞인

광선을 흩었다.

어느 뉘 하나 오는 이 없다. 어떻다 말할 수 없는 심시가 더욱더욱 힘 있게 맹렬하게 치받쳐 올라와 견딜 수 없다. 이렇게 되면 곧 야수적(野獸的) 자포자기에 빠져 미쳐 부르짖을 것이라고 생각하였다. 이 지구 끝까지 이 세 상 끝에 끝까지 미쳐 부르짖을 것이라고 하였다. 그러나 사람은 묵묵히 있다. 경련(痙攣)적으로 떨면서 이만 갈아 부치는 것이다.

사슈가는 기도를 올린다.

"나는 죽고 싶어. 다만 죽고 싶어."

그러나 곧 그쳤다.

그리하자 불의에 한길에 사나이의 검은 그림자가 나타났다. 그 그림자는 급한 걸음으로 이리 가까이 온다. 쉴 새 없이 바싹바싹 눈 밟는 소리가 들린다. 그 사나이의 양피 옷깃에 달빛이 번쩍이는 것이 보인다.

사슈가는 그 사나이가 이 길 끝에 있는 공장에 고인(雇人)인 줄 보아 알았다.

사슈가는 길가에 서서 그 사나이를 기다렸다. 두 손으로 제 소매를 번갈아 가며 잡아당기며 머리를 두 어깨 사이에 파묻고 발로 땅을 굴리었다. 입술은 고무로 만든 것 같았다. 그리고 아주 둔하게 부자연스럽게 움직일 뿐이다.

벌써 말 한 마디 못하지나 아니할까 사슈가는 그것을 퍽 근심하였다.

"여 — 보세요."

간신히 들리리만큼 소리를 내였다.

지나가던 그 사나이는 약가 그 계집 편에 얼굴을 돌리다가 갑자기 발을 돌려 활활 지나간다. 사슈가는 전신전력을 다하여 뛰었다. 사

나이의 뒤를 달음박질하여 따라가며 억지로 지은 듯한 친밀한 어조로,

"여 ― 보……세요 같이 가셔요…… 정말, 예…… 지금 곧 가셔요……. 제가 좋은 것 구경을 시켜 드릴 터이니 당신께서 우스워 배창주가 아프실 것을……. 예에 자아 가셔요……. 예에 그러면 좋지요. 참말이에요. 참으로 무엇이든지 보여드릴 터이니 가셔요. 예, 여 ― 보세요……."

지나가던 사나이는 계집에게 조금도 주의 아니 하고 활활 지나간다. 그 움직이지 않는 얼굴에 눈은 파리(玻璃)로 된 것이나 겉이 생물이 아닌 것같이 둥그레졌다.

사슈가는 벌써 그 사나이 앞을 춤추는 듯이 물러나서 두 어깨를 또 한 번 웅크리고 처량한 앓는 소리를 내매 또 치위에 벌벌 떨면

서,

"여보세요, 제가 지금 이런데……제 몸은 깨끗하여요…… 제 있는 데는 멀지도 않아요. 가셔요…… 자아 에에……."

달은 평지 위에 높이 걸리었는데 사슈가의 소리는 달빛에 잠긴 찬 밤 공중에 이상하게 약하게 파동을 일으킨다.

"에, 자 가셔요!"

사슈가는 헐떡헐떡 거리며 말을 겨우 하고 엎어지기도 하였다. 그러나 역시 사나이 앞을 전과 같이 물러났다.

"예 예, 당신께서 싫으시거든…… 그러면 이(二)구니베닉(約二十錢)이나 주셔요. 면—포(麪麭) 대신에…… 오늘 아침을 여태껏 굶었어요…… 주셔요…… 예. 그러면 구니베닉 한 푼이라도 주셔요…… 에에? 여보세요 …… ."

둘이 매우 적적한 곳에 와서 그 사나이가 아무 말 없이 조금 계집 곁에 오가더니 그 파리 (玻璃)로 된 듯한 야릇한 두 눈알이 역시 생물이 아닌 것 같이 달빛에 둥그레 하게 비쳐있다. 별안간 절체절명인 생각이 그 계집의 머리에 사무친다.

"당신 하라 하시는 대로 하겠어요…… 단정코…… 제가 당신께 좋은 구경을 보여드릴 터이에요. 제가 그런 것은 퍽 용하게 생각해 냅니 다…… 제가 웃통을 벗을까요? 그리고 이 눈 위에 앉을까요?…… 5분 동안 잘 견디지요…… 예. 당신께서는 시계를 보고 계시구려. 예. 단정코……십(十) 고베갠 일 고베갠은 구니베닉의 십분지 일) 이면 앉을 것이에요…… 참 웃으시겠지요. 예. 여보세요"

사나이는 딱 섰다. 그 파리로 된 듯한 두

눈은 무슨 느낌이 일어나는 것 같다. 사나이는 간간(間間) 끊어진 소리를 내어 웃었다.

사슈가도 사나이 앞에 섰다. 추워서 벌벌 에면서 같이 웃으려고 애를 쓴다. 그리고 사나이의 손과 얼굴로부터 일순간이라도 자기의 눈을 옮기지 못하였다.

"이것 봐. 내가 네게 십(十) 고베갠커녕 오(五) 루블을 준다면 어떻겠니?" 하고 사나이는 뒤를 돌아다본다. 사슈가는 치위에 떤다. 사나이의 말을 아니 믿었다. 묵묵히 있었다.

"이애……들어……네가 옷을 벗고 빨가숭이로 거기 서 있거라. 그러면 내가 너를 열 번 때릴 터이다. 한 번 치는데 반류(半留) 씩이다. 알았니?" 하고 사나이가 아모 소리 없이 진저리를 치면서 웃는다.

"추워서 어찌해요? 심한 짓이오."

사슈가는 애걸하는 듯이 말하였다 놀램과 심한 주림(餓)과 불안과 무서움은 그 계집의 몸에 신경적으로 경련적으로 사무친다.

"무어야 그 까짓 것을……그 대신에 네가 오류(五留)를 얻을 것이 아니냐."

그것은 물론 추운 까닭이다. 아픈 까닭이다.

"대단히 아프겠지요. 당신이 치시면……."

하고 사슈가는 어물어물하며 원망하는 것같이 중얼거렸다.

"에, 무엇이 무엇이야 — 아프겠지요란 — 좀 참으면 그뿐이다. 그러면 네가

오류(五留)란 돈 얻을 것이다."

사나이는 훨훨 지나간다.

사슈가는 더운 떤다.

"여보시오 — 그러면 단 오(五)고베만 주오,

예…….” 사나이는 휠 멀어간다.

사슈가는 사나이의 손을 잡으려 하였다. 사나이는 그 손을 들어 딸리려 한다. 그리고 갑자기 발연(勃然)히 성을 낸다. 그 계집은 물러선다.

“여보시오……여보시오. 그리할 터이에요. 예, 여보시오.” 사슈가는 애걸한다.

사나이는 서서 돌아다본다.

“자 —.”

사나이는 잇새로 간단하게 말하였다.

사슈가는 어찌할 줄을 몰라 서 있다가 가만가만 옷을 벗기 시작하였다. 언 그 계집의 손가락은 제 것이 아닌 것 같았다. 그리고 무슨 까닭인지 그 계집은 앞에 있는 사나이의 파리(玻璃)로 된 듯한 눈으로부터 제 눈을 옮길 수 없었다.

"자 — 어서 바삐…… 사람이 오겠다……."

사나이가 새로 말하였다.

추위는 빨가벗은 사슈가를 사면팔방으로 대지른다. 그 계집이 숨이 막혔다. 갑자기 전신에 발갛게 단 쇠가 착착 들어붙는 것 같았다. 언 피부는 조각조각이 잘라지는 것 같다.

"어서 때려 주셔요."

사슈가는 중얼거리면서 등을 사나이에게 향하였다. 계집의 아래윗니는 상하로 딱딱 마주친다.

그 계집은 빨가숭이로 사나이 앞에 섰다. 그 작고 여윈 몸뚱이는 월광과 한기에 잠겨 있는 깨끗한 눈 밤에 서 있는 것이 과연 일종 특별한 광경이었다.

"자 —."

사나이는 헐떡거리면서,

"이애…네가 참기만 하면……이것이다. 오류(五留)이다……. 참지 못하든 지, 또 고함지를 터이면 바삐 가거라……."

"아무렇거나 때려만 주셔요…… 참을 터이니……."

한기에 떨어져 나갈 듯한 계집의 입술이 중얼거린다. 그 전신이 바르르 떨리 운다.

사나이는 옆으로 비켜서며 별안간에 제 가는 지팡이를 번쩍 들어 전신의 힘을 다하여 계집의 수척한 잔등이를 훔쳐 갈긴다. 비는 듯한 힘줄은 언 계집의 몸을 거쳐 뇌까지 사무친다. 계집의 주위의 모든 것이 다만 무서운 고통의 느낌이 되어 한데 합하는 것 같았다.

"아."

짧은 놀랜 소리가 사슈가의 입술로 돌출하

였다.

사슈가는 두어 걸음 달아나다 벌벌 떠는 두 손으로 맞는 데를 꼭 눌렀다.

"손을 치워…… 손을 치워……."

사나이는 따라오면 헐떡이면 소리친다.

사슈가는 두 팔뚝을 한데 합했다. 제이의 타격이 곧 그 계집에게 견딜 수 없는 아픔을 주었다. 계집은 소리치고 넘어져 땅에 손을 짚었다. 두더지 떼에도 비는 듯한 모진 타격이 그 계집의 나체에 떨어지고 또 떨어진다.

"아홉."

하고 헤아리는 검은 소리가 사나이 입에서 떨어졌다. 그리고 또 다시 번개 같은 새로운 소리를 내며 그 계집의 육체에 지나간다. 무엇이 터진 것 같았다. 언 고무마가 터지는 것 같다. 붉은 피는 흰 눈 위에 팍팍 쏟아진다.

쌓인 눈은 핏발 떨어지는 대로 붉은 구멍이 생긴다. 착 붙은 배는 달빛에 비치 인다. 이 때에 왼편 가슴이 철썩한다. 가슴은 처량한 단성(短聲)을 내며 치오른다.

"일어나!"

하는 소리는 누가 멀리서 들리는 것 같다. 사슈가는 어안이 벙벙하였다가 곧 정신을 차리었다.

"자 일어나 이것 받아라."고 큰 소리가 들린다.

"자—나는 간다."

빨가벗은 사슈가는 엉키는 두 손으로 경련적으로 땅을 짚고 비틀거리며 일어나려고 애를 썼다. 피는 줄줄 흘러내린다. 그 계집에게 추운 증(症)은 없어졌다. 다만 마디마디가 여태껏 겪지 못한 약해진 것을 알겠다. 몸은 베여 제치는 것같이 아픈 것을 깨닫겠다.

그 계집은 맞은 축축한 군데군데를 살살 어루만지면서 옷 입혀 갔다. 얼어 빠진 다 떨어진 옷을 주워 입는데 뭇 장사간이 걸리었다.

달빛 찬 땅 위에 그 계집은 소리 없이 꿈적인다.

사나이의 검은 그림자는 사라졌다. 옷을 다 입은 다음에 처음으로 주먹을 들어 보았다. 피투성이 된 손바닥에 오류(五留) 금전이 불꽃같이 번쩍인다.

'오류(五留)이구먼.'

그 계집은 생각하였다. 갑자기 몸이 가든해지는 듯한 큰 기쁨이 일어난다. 너희는 발로 시가(市街)를 향하여 달려갔다. 손에는 금전을 불끈 쥐었었다. 저고리는 그 계집의 몸에 착

들어붙어 매우 고통을 주었건만 그 계집은 주의 아니 하였다. 그 계집의 존재는 행복의 느낌이 들어찼다……식사(食事), 난기(暖氣), 안심(安心), 게다가 아까 금방 남에게 죽도록 맞던 일이 어느덧 생각도 아니 났었다.

— 좋다. 참으로 좋다…… 이젠 그처럼 기지도 않는다.…… 그 계집은 기뻤다. 그리고 어떤 좁은 골목으로 들어갔다. 밤 음식점의 밝은 불빛이 벌써 그 계집 앞에 번쩍거린다.